來自巴黎的音樂家

楊寒

著

目次

01. Cafe de Seul Magot（單叟咖啡館）

幾年前，我還在逢甲大學攻讀中文博士學位。

那時候女友已經在工作了，她叫陳怡君，園藝所畢業，在園藝雜誌社工作，因為是小雜誌社，因此她不但負責編輯也負責採訪，有時採訪空檔經過台中會來找我。共享一些時間喝水，一些時間呼吸，也思考一些如今想起來可能虛幻的問題。

在逢甲附近，有一條著名的便當街，每當用餐時間時，許多逢甲的學生用喧嘩聲將這裡填滿，狹窄的便當街很擁擠，學生們多半穿著牛仔褲，有的神情木然、有的愉悅聊天，但總是在所有吵雜的步伐和人聲中尋找覓食的可能。

我不喜歡在這樣的環境下用餐，或者避開用餐時間，或者

走遠一些到更清靜冷僻的街道，尋找稍微廉價的餐廳。總有可能我們徒步行走了三、四分鐘，隔了一條巷道就好像把整個校區附近的煩雜都隔絕於世外。

那天，她來找我，正是用餐時間，我們牽著手避開人群，隨意鑽進一條巷弄。現在想起來那巷口好像有一扇欠缺維修的脫漆木門，隨著風吱呀作響，可能是那聲音吸引了她注意，如同預定進入一次殊遇，進入一本具有嚴肅文學風格的小說，或是需要想像力探索的詩中，我們貿然在午後一點鐘闖進了這條我們從未進入的巷子。

巷子相當冷清，幾乎沒有其他行人，連停在路邊彷彿休息的機車都很少，此間具備了一切優雅且篤定寂靜的微妙感，我們是這樣踩著陽光下濃烈的影子進入當下——

這裡可能沒有用餐的地方，不如去吃麥當勞？我懷疑著說道。

不，這裡可能有。彷彿在這個時空當中有特定的訊息提醒她，她是如此堅定並微微握緊我的手。

我幾乎懷疑我在這裡住過幾年，周遭的景象我完全陌生，但我們往前走了數十步，發現一家用原木顏色為底，上排是金屬鏤刻的「Cafe de Seul Magot」下排則是中文「單叟咖啡館」。

　　這家咖啡館出現在我們面前。它與周圍平凡低矮的建築格格不入，如此閑靜自得地立在俗氣的水泥建築群之中，又彷彿在時間中失去魅力的老巷道中，以安詳的節奏關注它自己，為了某人，開闢了一個心靈空間。

　　為了某人，它等待在這裡。

　　我們沒有說話，沒有討論，彷彿計畫很久終於抵達這裡，我們推開明亮透明的玻璃門，進去了「 Cafe de Seul Magot 」咖啡館。

　　「Cafe de Seul Magot」咖啡館內的裝潢幾乎都是原木的顏色，沒有比令人懷想自然樸實氣氛的原木顏色更適合咖啡館的，隱藏式的燈光將木頭的顏色照耀得更加柔和，柔和的燈光

下，我們彷彿見證木頭的紋理，反覆隱藏了無法理解真相的過去。我環顧了一下咖啡館的書架，書架上的書並不多，兩、三本中文時尚雜誌，大部分的書都是外文書，那些外文書或雜誌彷彿正向我宣示，咖啡正是外國的飲料。啊，是如此讓我熟悉卻又陌生的飲料！

咖啡是一種特別的飲品，它可以廉價親民地在街頭販賣機購買，也能經過外國的烘焙大師、咖啡達人利用產地不同、研磨程度不同及沖泡方式，而調製出各種複雜的口味，讓我們竟是如此熟悉卻又陌生。咖啡承載了一種都市人集體追逐的味覺夢幻，如此，我們在時間的甬道，跟外國的咖啡碰撞。

小君輕拉我的手，要我注意吧台後面竟是一個金髮碧眼的外國男人。原來這是間外國人經營的咖啡館。小君英文不錯，鬆開我的手用英文和對方說話。

我沒有仔細去聽他們的對話，只注意到這家店並沒有其他客人，在這冷清的咖啡館中，彷彿迎接的是一種歐洲優雅的寂

靜，把我們虛無的生活帶往曾經燦爛美好的回憶。是的，我們每個人都有的，古老但聯想起來會讓我們泛出溫柔笑容的回憶。

有一把小提琴看起來就可能是這個外國男人的回憶，它的顏色相當古舊，深褐色的木頭泛著黝黑的光芒，看起來保養得很好，卻被隨便置放在店內其中一張桌上，像是一件氣定神閒的古董，在某個博物館中的展示台上展示它無法超越時間的服從。

我走近那張放著小提琴的桌子，用食指輕觸那小提琴那黝黑木頭表面，彷彿染上月光的神采，我不懂音樂，卻好似對它心神嚮往。

你要拉拉看嗎，先生？吧台後面的外國人對我說道。他的中文相當流利，讓我有些驚訝，但一瞬間就釋然了，他在台灣經營這家咖啡館，必然得懂中文。

老闆的名字叫Laurent Labeyrie，他是CNR de Versailles（凡爾賽音樂學院）的小提琴演奏博士。小君剛剛和老闆的對

話，在短暫的交談中，她讓我知道這把小提琴在這兒的合理性。但那當下，我還不知道，為什麼一個小提琴演奏博士，會在太平洋邊緣的小島上經營這樣的咖啡館。

但探求別人的隱私是興趣而不是必然，我並不時時保有這種惡劣的興趣，我只是害羞地讓手指避開那華美如月光的小提琴。

我不會拉小提琴。我說。

你可不要把人家的小提琴拉壞了！Laurent先生說，那把琴陪他從巴黎到倫敦、聖彼得堡、雅典、東京、紐約等很多地方……。小君提醒我不要再隨意亂碰那美麗如古董的藝術品。

沒關係的，那只是一把一五七一年左右由Andrea Amati製作的小提琴，它不曾遺失過它自己，而我卻遺失了好幾個輩子的愛情。老闆Laurent繞出吧台，拿起那把小提琴，隨興為我們演奏了一曲小調。

我們都聽得出那熟悉的旋律。

那是台灣的小調歌謠〈望春風〉。

　　我想像有一年我在巴黎聖耳曼德區的教堂拉奏小提琴，那天很冷，我戴著黑色的舊呢帽隨著寒風拉鋸我的音符。路上行人匆匆，沒人理我，而我只是想透過音樂哭泣我遺失的愛情，但最後我卻在飲下一瓶啤酒後，遺失了小提琴。

　　天知道，我不曾遺失小提琴，卻遺失了好幾個輩子的愛情。

——來自巴黎的音樂家 Laurent

02. 醉了的皇家火焰咖啡

　　那天和小君在單隻咖啡館用餐後，我對這家曾躲在我視線之外的咖啡館產生好奇。咖啡對我來說，像詩一樣難以理解，大部分的人無法理解詩的隱喻，而我也幾乎無法透過味蕾短暫地與咖啡接觸，就能理解咖啡豆的產地、烘焙過程和研磨粗細、沖泡溫度等許多條件過程的變化。

　　但咖啡微酸微苦的味道簡直像人生風景的濃縮，像戀愛故事中的愛恨情仇，不知道小君為什麼喜歡咖啡？但我知道我喜歡坐在咖啡館的玻璃牆旁邊，欣賞外在人世間在街道上演繹的情節，也品嚐咖啡杯裡的內心世界。

　　大部分的咖啡館都必然有一大片的玻璃牆或玻璃窗，彷彿把自己的心靈安置於玻璃內，躲避那人世間的種種風暴。讓我

們相信，只有在喝咖啡的時刻，我們才能從玻璃外面的塵埃紛擾中抽離，讓我們安靜地和一杯咖啡獨處。

先生，今天只有你一個人？那位陳小姐呢？金髮碧眼的中年法國音樂家Laurent顯然記得我和我的女朋友。當我在玻璃牆旁邊的位置正對著一盞萬年青坐下來的時候，他優雅地走到我面前問我。

他似乎總是穿著一件法式寬鬆的白襯衫，黑色的西裝褲，若不是那頭凌亂的金髮，我幾乎以為他隨時要上台以一位音樂家的身分演奏音樂。

我注視著這位大我約十歲左右的音樂博士，哦！我該稱呼他咖啡館老闆，我回答他：她並不住在台中，因為工作的關係很少來台中找我。

是嗎？關於愛情之後的分離，就像酒後宿醉醒來同樣痛苦。法國音樂家老闆的聲音非常平穩緩慢，彷彿讓我也感受到他對愛情的沉重觀感。

分離……酒後宿醉醒來的痛苦，說得真好，這種感覺可能得用眼淚的酸楚來調味。我手肘倚靠著桌面，抬頭對Laurent

說道。

先生，你叫什麼名字？

我叫楊寒。

你的女朋友說你正在讀博士班。好多年以前，我也在巴黎攻讀音樂博士學位，然後我的情人先離開巴黎了，她離開的時候是夏天，但巴黎的夜晚彷彿比平常冷了三、四度，我在巴黎拉丁區拎著空啤酒瓶，眺望隔著塞納河的西提島。我是醉了，醉得很痛苦，那時，我想如果愛情在最漆黑的時候，也能夠像西提島夜晚的燈火，如星空閃爍指引我們避開痛苦就好。然而，我們的愛情很可能隨著每一次嘆息就離開我們。Laurent深邃的眼睛凝視玻璃牆外的巷弄，一隻貓拖著影子離開我們視線中的午後。

愛情似乎沒有不離開的。我臉上泛起溫柔笑意，我不知小君可否會離開我，但是她此刻在我心上。

愛情像尋找一瓶適合自己的餐前紅酒，但每個人都只可能是自己無能的侍酒師……楊寒，今天請你喝特別的咖啡。

我轉頭注視回到吧台內的Laurent先生，他那拉小提琴的手俐落旋轉著磨豆機，然後在水壺裡注入熱水，在柔和的燈光下用溫度計測量水溫，動作華麗像一場在吧台後面的音樂會。

　　十分鐘的等待，我是等著驅赴宴會的受邀者，就停留在Laurent先生端來的咖啡杯前。

　　Laurent 先生先生把盛了方糖的小湯匙橫放在咖啡杯上，右手持一酒瓶在方糖上淋上白蘭地，用長柄打火機點燃方糖。

　　淡藍色火焰燒融了方糖，彷彿也讓甜蜜更加濃稠。

　　這是「皇家火焰咖啡」，用苦味和酸味都足以令人動容的藍山咖啡豆沖泡。Laurent先生為我解釋這杯咖啡的名字。

　　我只想為每個人曾經惆悵過的愛情表達尊敬，用音樂家Laurent這杯尚在燃燒的咖啡。

有一年夏天，我在巴黎拉丁區拎著一個空啤酒瓶，眺望隔著塞納河水的西提島，然後我想著我們的愛情能隨著西提島區因夜晚降臨而亮起來的燈火閃爍嗎？還是會隨著塞納河水流到海洋的彼岸？我輕輕嘆口氣，我的惆悵在巴黎的夜晚化為虛無。

——來自巴黎的音樂家 Laurent

03. 香榭大道

　　我連續幾天來單叟咖啡館午餐。

　　午餐吃得很簡單，通常一杯咖啡，一盤杏仁蛋白餅或者巴黎布列斯特泡芙。不一定可以吃飽，但也不會餓著，多半只是用一杯咖啡換一個下午的悠閒心情。咖啡館的客人很少，似乎單叟咖啡館是如此極力地隱藏自己的特色，只想集中逢甲商圈附近的安靜，等待著需要安靜的客人。

　　這天有兩個模樣看似大學生的女孩出現在咖啡館，嘰嘰喳喳地討論新光三越某一專櫃商品當季的折扣，當Laurent先生身形優雅地出現在桌邊為她們倒水時，她們互相促狹地要對方向帥氣的Laurent先生搭訕。

　　而且是用英文！

我聽著他們用英文交談，關於歐洲，關於巴黎，還有女孩們最感興趣的那些位於香榭大道兩旁的名牌商店。我觀察到那兩個女孩笑得好開心，兩人抖動濃密的假睫毛，開朗地微笑，像孩童般的開懷笑容。

　　我攪動著草莓歐蕾冰咖啡吸管，那是一杯以草莓、牛奶和咖啡經營出來的飲品，帶著戀愛或童年的美好味覺，我想我可以感覺到一股淡淡的幸福感，就像聽見誰的笑容。

　　咖啡館裡，有其他聲音也很好呢！如果我只能夠在咖啡館裡聽到自己的心跳聲，和老闆咕嘟咕嘟洗滌杯壺的聲音，那就像樂譜裡只有兩個音符跳動，多麼單調……。

　　我專注於咖啡杯上奶泡的破裂，好似一冰雪的湖面逐漸因為初春的草莓而溶解。然後不久，Laurent先生走過來問我。

　　今天的咖啡還可以嗎？

　　嗯，啊。咖啡館的咖啡，對我來說只有甜度上的差異，我還不能像小君那樣能好好地說出其中酸味和苦味的差異。

　　我只能微笑點頭。

　　剛剛那群小女孩們在討論香榭大道，楊寒？你曾到過巴黎

或歐洲嗎？

不曾。我搖頭

楊寒，你知道嗎？我並不是巴黎人，我來自於Clermont-Ferrand這樣一個曾經因為礦業繁榮，然後現在沒落了的鄉下。但我在巴黎讀書那幾年，每年都陪她逛香榭大道那些名店好幾次，她總是得充當導遊、翻譯，帶著親戚朋友去買那些商品。當然，我也喜歡和她在那些栗樹和梧桐的林蔭下，體驗風的浮力所產生那枝葉擺動出來的清涼感受，走在寬闊的香榭大道上，彷彿，我們可以走完漫長的一生那麼久。

是嗎？香榭大道非常長？我不解地問道，我在想如果一生都和情人共享一杯花式咖啡的甜蜜，會不會使甜蜜更甜蜜呢？

香榭大道再長也有走完的一天，可是，我想楊寒你能瞭解，我們都希望愛情能夠延綿不絕，但愛情卻似時間般在意識稍縱的瞬間即逝。後來，我一個人在香榭大道的人行道上回想那些失去的愛情的夏日，日光閃耀好似將風景過度曝曬，我無法關注當下的一切細節。然後，我懂了！巴黎人在香榭大道兩旁整齊種植著栗樹和梧桐，我卻在香榭大道種植我那些失去愛

的心事。

我看見Laurent先生的眼神是如此憂鬱。

你沒到過巴黎或者沒到過香榭大道，但你一定聽過香榭大
道。巴黎人在香榭大道兩旁整齊種植著栗樹和梧桐，我卻
在香榭大道種植我那些失去愛的心事。

——來自巴黎的音樂家 Laurent

04. 那個台灣女孩

我坐在黃昏的單叟咖啡館。

Laurent先生稍微調亮了室內燈光,讓整間咖啡館多了一些昏黃色溫馨的感覺,我環顧室內注意到曾經觸摸過的小提琴,和一尊古拙的木雕人偶放在一起,放置在有展示燈投射的玻璃櫥櫃內,黯淡的光線讓小提琴更散發一股迷人的光澤。

今天我喝的是栗子歐蕾冰咖啡,Laurent先生似乎在咖啡裡加了一些白蘭地,將栗子的風味襯托得更加明顯,咖啡的鮮奶油上頭灑了些肉桂粉,讓香味和咖啡的味道更顯得豐富多元。咖啡館裡很安靜,我用長湯匙將冰塊攪得喀哧作響,然後想起小君前幾天說,我們也到巴黎去玩好不好?

小君想自助旅行,她的英文很好,而且最近有點心動想和

以前碩士班同學一起去學法文。

咖啡館裡依舊沒什麼客人，

Laurent先生拿著一條粗厚的乾淨麻布，擦拭著手搖的磨豆機，細心的程度讓我以為他正在調整小提琴的琴弦。他的眼神相當專注，好像安撫情人的心事那般清理磨豆機上的咖啡粉末。

Laurent先生、Laurent先生。我叫了他兩次，金髮的法國人才抬起頭看我。

嗯？楊寒先生？法國人有些疑惑地問。要加水嗎？

不，我只是想詢問巴黎有什麼著名的景點，除了羅浮宮、艾菲爾鐵塔之外……。或許我只是想在恍惚的午後黃昏找個人說話，畢竟博士班的課那麼少，平常遇到同學朋友可以交談的機會，變得虛幻如無法重複的夢境。

Laurent先生陷入回憶的思索，眉間透露出他正以意識鑿穿記憶，現實游離出時間，只有靈魂在每一處重要的回憶裡停靠。但Laurent先生的表情無比祥和，我想對於他來說，巴黎

的記憶即在糾葛關係的人情變化中使令人惆悵，卻仍華麗美好如我想像中的凡爾賽宮或者一曲交響樂。

……我也許可以跟你介紹一棟位於巴黎的阿拉伯博物館，那是法國建築家努維爾（Jean Nouvel）的作品。Laurent先生緩緩地說道。

他的聲音彷彿獨自穿過山野的風，飄然從回憶中蕩回現實。

阿拉伯博物館？我有些失笑，這好似在巴黎尋找一座觀音祠堂。

哎，楊寒，你在發笑？你或許會問阿拉伯博物館怎麼能算巴黎的風景？但是，你可知道那幾年巴黎最美的風景，是那個台灣女孩……

哪個台灣女孩？

那是我的情人，來巴黎進修小提琴演奏碩士學位的台灣女孩。我們熱戀了三年，我是這樣在巴黎探索那彷彿帕格尼尼小提琴協奏曲的女孩情懷，我們決定了她住處窗檯的盆栽種類，

我們決定了曾經無法放棄或掙扎的愛情。她是我在巴黎看到最美好的風景。

她呢？我詢問的聲音極輕，卻震動了Laurent先生修長的身軀。

街道似乎暗了，天都晚了。Laurent先生沒有直接回答我，感嘆地將視線投往玻璃牆外的巷弄。

我沒有說話，等待著金髮的四十歲中年男子繼續他流利的中文。

她拿到碩士學位前，我們吵了好幾次架，然後她在我不知道的時候回到台灣。法國的Laurent先生此刻彷彿呼吸著的是惆悵。

那是多久以前的事？我在想，我該繼續在夜色中攪拌著我不再冰涼的栗子歐蕾咖啡，或者繼續詢問？但咖啡館裡一片沉默，沉默的氣氛促使我發問。

天知道那好像是上輩子的事，卻又好像上一個呼吸的瞬間，但我記得那年我三十歲……。Laurent先生嘆了口氣，好

像整個歐洲最惆悵的風在這咖啡館裡迴盪。

你想要我介紹巴黎的風景嗎？那麼我可以跟你介紹一棟位於巴黎的阿拉伯博物館，那是法國建築家努維爾（Jean Nouvel）的作品。你或許會問阿拉伯博物館怎麼能算巴黎的風景？但是，你可知道那幾年巴黎最美的風景，是那個台灣女孩……

——來自巴黎的音樂家 Laurent

05. 迷路

　　我的女朋友小君說要去巴黎自助旅行，但她卻是一個路癡，即使一個人從逢甲麥當勞前面的公車站牌到我住處都可能迷路。雖然如此，小君卻告訴我：迷路也是旅途之一，迷路者總是在旅途中尋求額外的風景，我們在迷路中付出時間的代價，卻獲得更豐碩的果實。

　　我並不是一個路癡，但如果跟她一起散步，很可能也跟著走錯了路，小君說像她一樣擅長迷路的人，都是被地球遺棄的孩子，很可憐，但卻能在不退縮的旅程中找到方向。然後，今天晚上，我們在逢甲夜市迷路了。從賣大腸包小腸的巷口穿過炒麵麵包、來到熊掌包的攤位，然後人潮不知把我們帶往何處的漂流，我們就在其中缺損了我們的方向感，如一個沒帶地圖

的人進入了濃密的黑森林，在夜色的燦爛中找不到燈塔的光，分不清楚這究竟是現實亦或迷宮？

然後，我們在迷宮的夢境裡醒來，穿過稀疏的人潮，發現那家座落在冷僻巷弄的單叟咖啡館。

啊，好久沒有來過，你都來這兒吃遲來的午餐，對吧？小君驚喜說道。

他的榛果麵包條蠻好吃的。我點點頭，我的一切，小君都知道，我就透明如一杯白開水。

呃，這麼晚了，我不喜歡吃澱粉類食物。她說。

那你可以點咖啡檸檬片，就是一種在檸檬薄片上撒上咖啡粉的點心。

感覺有點酸。

我覺得還蠻好吃的。

那我們試試看吧？小君牽著我的手推開單叟咖啡館的玻璃門。

Laurent先生招呼我們，送來菜單，這個咖啡館靜僻如田

野，但Laurent先生總能閒適如一田園詩人，他不疾不徐地招待我們，送來兩杯冷開水，然後回到吧台擦拭一用過的銅製水壺，一邊和我們對話。

陳小姐，好久不見。楊寒先生……今天好晚來啊？

我們在逢甲夜市迷路了。我該說，彷彿在愛情的迷宮裡找不到出口嗎？

迷路啊？楊寒先生，你真會逗我笑，你不是逢甲的學生嗎？怎麼會在逢甲夜市裡迷了路。

哎，Laurent先生，依戀和感恩不一定讓我們得到幸福的愛情，逢甲大學的學生證也不一定能充當指南針使用。我如此調侃自己。

楊寒先生，其實我在巴黎也曾經和她一起迷了路。Laurent先生回想過去的生命旅途。

她？她是誰？我沒有對小君提及關於Laurent先生的台灣女孩，那個在Laurent先生三十歲時，抱著她的音樂碩士學位和注定分離的登機證離開法國的女孩，肯定是讓Laurent先生覺得悲傷的故事情節。

我悄聲對小君詮釋了Laurent先生記憶裡最美的巴黎風景。

而Laurent先生在記憶裡徘徊，那支撐了他對整個巴黎記憶的愛情，Laurent先生說話的聲音帶著咖啡的苦澀與甜味。

那一年春天我和她在巴黎的聖魯提克街迷了路，她只會說英文，而我的法語有濃厚的鄉下口音，路上沒有任何人肯停下來讓我們問路，我們彼此擁抱然後她哭泣了，那次我體驗到愛情也不會直接抵達我們的面前，而是經過許多哭泣和迷路的旅程，才可能讓我們體會幸福。

愛情，也像咖啡豆一樣，需要痛苦的熱氣烘焙。

我難免不禁止自己這麼想。

那一年春天我和她在巴黎的聖魯提克街迷了路，她只會說英文，而我的法語有濃厚的鄉下口音，路上沒有任何人肯停下來讓我們問路，我們彼此擁抱然後她哭泣了，那次我體驗到愛情也不會直接抵達我們的面前，而是經過許多哭泣和迷路的旅程，才可能讓我們體會幸福。

　　　　　　　　　　──來自巴黎的音樂家 Laurent

迷路

06. 第一次約會

　　我這天來到單叟咖啡館,有一對男女坐在我平常慣坐玻璃牆旁邊的位置,我只得坐到吧台這邊來,就看著Laurent先生將一個金色的咖啡壺放在爐火上煮,然後在水沸騰時將咖啡壺移開爐子,這樣的動作持續了三次。

　　楊寒先生,要不要喝土耳其咖啡?請你?Laurent先生拿了一副金色的咖啡杯,不待我回答就將咖啡杯放在我面前,提起咖啡壺,讓黑褐色的液體以彷彿串起心事般的弧度,流進我那金色的咖啡杯。

　　好像有點濃稠?我揚眉詢問這個倒咖啡的法國人,看到他額頭被穿過玻璃牆的陽光照得隱隱有些金黃流瀉,像金髮、又像他音樂家的冠冕,呼應著土耳其咖啡壺、咖啡杯的金黃。

這杯咖啡竟是如此耀眼，又濃稠得像誰初戀的愛慕。

今天生意還不錯？我暗指至少除了我外，還有兩個客人。

啊？他們啊？他們應該第一次約會，很高興他們第一次約會來這裡，所以我請了他們吃草莓泡芙。Laurent先生也為自己倒了一杯土耳其咖啡，吹開咖啡杯中的熱氣，淺淺地嚐了一口。

你怎麼知道？我轉頭將視線拋向那對男女，男生戴著粗框眼鏡、頭髮整齊，看起來相當老實；女生頭上戴著極大的白色蝴蝶結，優雅的公主頭顯示她的氣質。他們不時輕聲低語，有時手指著窗外，有時男孩仰頭大笑，女孩掩嘴輕語，然後用小銀匙攪拌咖啡。

那女孩剛剛一直在整理咖啡杯旁的奶精球和糖包，有點緊張，是屬於亞洲女孩的羞怯。讓我想起了我和她的第一次約會。Laurent先生神色黯然地說道，他金色的眉毛好像也跟著黯淡，跟著下巴的鬍渣一起黃昏夕陽。

亞洲女孩的羞怯啊？我第一次和小君約會是在哪呢？那一年，我到成大考博士班，她陪我走過鳳凰木下的成功大學，然

後走過台南孔廟的肅穆。後來，我落榜了，她卻成為我的女朋友。

Laurent先生無視我的心事，他說：

那年在巴黎，我和她第一次約會是在聖米謝爾大道旁的咖啡館，她謹慎害羞地低頭整理咖啡杯旁的奶精和糖包。她只喝黑咖啡，包裝完整的奶精球和糖包有時被放到咖啡杯的杯墊上，有時又放在咖啡墊的右側，她就是這樣來來回回整理那些我們故事裡正要開始的細節。

那年在巴黎，我和她第一次約會是在聖米謝爾大道旁的咖啡館，她謹慎害羞地低頭整理咖啡杯旁的奶精和糖包。她只喝黑咖啡，包裝完整的奶精球和糖包有時被放到咖啡杯的杯墊上，有時又放在咖啡墊的右側，她就是這樣來來回回整理那些我們故事裡正要開始的細節。

——來自巴黎的音樂家 Laurent

07. 你也寫小說嗎？

　　那一天早上，我在學校蘋果商店訂購的MacBook Pro送來了。

　　我帶著新買的「麥書」到Laurent先生的咖啡館，坐在我慣坐的位置上，用筆電寫點東西。我想寫一篇小說，男主角在放縱的生活中，每一晚停留在不同名字的女孩枕邊，我幻想他是在愛情的變故中失去了愛情的能力，如此夜夜在情慾中將自己陷入麻木，他知道自己已經無法復原，卻仍在愛情的冒險中尋找可以停駐的枝頭。

　　我點了一杯濃縮咖啡，彷彿濃縮了整季咖啡豆生長、運送到烘焙、沖泡的情節，濃縮成鬱鬱的黑色。

　　Laurent先生為我送來了咖啡，低頭看了一下我的電腦。

你也寫小說嗎？是愛情故事？我曾經去過小說家巴爾扎克紀念館。你認識他？他是現實主義的法國小說家，他創作的《人間喜劇》包含了九十一部小說，兩千四百多個人物，我真希望我跟她的愛情也是他筆下的一個喜劇，但我只可能是寫實主義下的一個因愛情而悲劇的人物。

Laurent先生如此對我提及了那座落於巴黎的巴爾扎克紀念館，印象中雕塑家羅丹亦曾為那偉大的小說家雕塑了頭像。

每一段愛情的開始通常都是喜劇，而每一段愛情的結束也通常是悲劇。我一邊回答著Laurent先生，一邊讓手指在鍵盤上跳動，將指頭敲擊鍵盤的聲音化為文字的情節，演繹在意識中虛構的敘事以及無庸置疑的虛無。

這好似坦白的定律，楊寒先生，對於你這句話，我無法再多說些什麼了！Laurent先生擺擺手，語帶感慨，可是我永遠想念那個台灣女孩，如果我們是巴爾扎克小說中的人物，我真希望他能為我們多書寫一些情節，生活平淡也好，相愛或無秩序的爭吵也好，兩個人共同生活的目的不就是這樣，不為什麼地呼吸下去嗎？而我就是想讓我的情節跟她多一點連結。

每個人好像都在為自己寫小說，也演繹、詮釋了自己的角色，相愛、相恨或傾向世俗般地無所事事，花費很多時間來浪費，然後等待更年長以後來惆悵。我停下書寫，仰起頭對Laurent先生說道。

　　但每個人難免都想自己的愛情像貝多芬的音樂一樣動人又能恆久呢！Laurent先生不愧是音樂家，竟以貝多芬的音樂來比喻愛情。

　　貝多芬有小提琴協奏曲嗎？我好奇地詢問眼前的小提琴演奏博士。

　　有啊！〈D大調小提琴協奏曲〉，總共有三個章節，像我曾經與那個台灣女孩的戀情一樣，帶著詩意、熱情和充滿活力的光輝耀眼。

　　Laurent 先生走到那放置小提琴的玻璃櫥櫃，拿起他那把從不曾遺失過的小提琴，讓貝多芬那恆久的美好迴盪在這間咖啡館內。

你也寫小說嗎？我曾經去過小說家巴爾扎克紀念館。你認識他？他是現實主義的法國小說家，他創作的《人間喜劇》包含了九十一部小說，兩千四百多個人物，我真希望我跟她的愛情也是他筆下的一個喜劇，但我只可能是寫實主義下的一個因愛情而悲劇的人物。

——來自巴黎的音樂家 Laurent

08. 滄桑街頭

當這一天我來到單叟咖啡館時，因咖啡館的氣氛而愣住了。

似乎是某康樂性的學生社團在這裡辦迎新活動，我看見年輕稚嫩的面孔對未來彷彿充滿了新鮮和欣喜的感覺，有兩、三個男女站在他們之間，自信而熱烈地讓他們的學弟妹對未來的社團生活憧憬或期待，我相信即使這些學生們因不同理由而參加社團，可能都會可以從時間處兌換收穫的。

但我喜歡單叟咖啡館的安靜，彷彿靜謐的空間在咖啡香味中流動，讓我得到一個下午的滿足。然後我們會發現，原來我們坐在咖啡館裡並不一定是為了咖啡的滿足，而是為了在孤寂中享受恬靜的氛圍。我在巷弄裡徘徊了一會兒，又繞回學校坐在松樹下，看靈巧的松鼠向人乞食，在校園裡回想我曾經參加

過的幾個社團，那些社團同伴呢？也許在透明、從陽光抽離出來的時間流當中，我們星散了彼此的美好，用「遺忘」這個詞來書寫青春，我幾乎不記得大學那些劍道社的同伴呢……

我是如此坐在正對校門口的一棵樹下，正想是不是要換個地方吃頓遲來的午餐，例如傻瓜麵、胡椒飯還是手抓紫糯米糰之類的，然後我看見在下午炎熱的空氣中，一個剛剛出現在單叟咖啡館的年輕學生，他穿著藍色格子襯衫，牛仔褲和休閒鞋，一邊走路一邊和旁邊褐髮女孩討論剛剛社團學長對於學期活動或社團課程的規劃，男孩想在女孩面前塑造一種自己很有主見的形象。

但男孩子的形象是由自己喜愛的女孩所認定，而不是自己。

不管如何，我知道他們社團活動已經結束了，於是拎起我的小背包，緩緩穿過便當街和幾條巷弄，推開單叟咖啡館的玻璃門。

楊寒先生，我剛剛有看到你。我才一進門，收拾好杯盤的Laurent先生對我打了聲招呼。

你的生意越來越好了。我由衷的欣喜，雖然這樣會讓我少了一個安靜的心靈居所，可是我無法不為我的朋友Laurent先生感到高興。

他們是帶著歡樂與青春而來的客人，而楊寒先生，你是帶著知性和詩而來的朋友，你們都是咖啡館歡迎的客人。Laurent先生慎重地說道。

我可是喝不出咖啡粗細或沖泡溫度差異的普通客人。我說，也許進來咖啡館，我品嚐的並不是咖啡，而是我的心事。

有什麼關係？我們每個人都懷著各自不同目的而在生命中旅行，在彼此的視線中出現然後消失。

是啊！我們旅行過童年、少年，旅行過父母的近處和遠處，旅行過大學生涯或者工作，在這些旅行中我們際遇彼此，也從彼此的世界消失，並預見未來，我們甚至在對方意識中逐漸模糊了身影。對於 Laurent 先生這段話，我頗有感觸。

也旅行過愛情……我跟楊寒先生你說過的那個台灣女孩，我是這麼跟她在生命中擦肩而過……那一年我們懷著各自不同的目的來到巴黎，在巴黎被歷史滄桑過的街頭交換彼此滄桑的心事，也曾經用整個下午的時間，在聖日爾曼德佩大道的咖啡館，看著陽光如何在咖啡杯裡移動它的風景，而我們的風景卻在彼此的瞳孔中移動甚至消失……

那一年我們懷著各自不同的目的來到巴黎，在巴黎被歷史滄桑過的街頭交換彼此滄桑的心事，也曾經用整個下午的時間，在聖日爾曼德佩大道的咖啡館，看著陽光如何在咖啡杯裡移動它的風景，而我們的風景卻在彼此的瞳孔中移動甚至消失……

——來自巴黎的音樂家 Laurent

09. 聖馬丁運河畔

　　今天小君要去台中市區的柳川附近採訪一個退休的園藝系教授，詢問她對於未來台北花卉博覽會的看法。這天我正好空閒，因此就陪著她一起到市區，那位教授是種植菊花的權威，對小君還有我聊了一整個下午的菊花，我才知道原來菊花也有綠色的。

　　我對園藝並沒有太多好奇，但難得認識了小君，也在這個下午認識了綠色的菊花。

　　你要回去嗎？我等等要去朝馬搭車回台北趕編輯作業。我們沿著柳川旁邊的人行道步行了一段路，小君這樣對我說道。

　　就走一段路，透透氣吧？我說。

　　好哇！很多風景的價值就是這樣被散步思索出來的。小君

說道，只有在緩慢的步行中，我們才能去思索、去承載旅途上風景這麼多不同的含義。

然後我們就一起憑著欄杆俯視河水在夕陽下染了橘紅色波光，水流的顏色隨意識和情感而流動、變化、閃爍，然後誘發了黑夜沉澱下來。

小君在便利商店買了飲料和飯糰充當晚餐，然後我送小君去朝馬搭車，自己則回到學校附近的住處。

又是用餐時間，逢甲附近的商圈流動著因為飢餓或娛樂的人群。

我習慣的思維帶著我走向單叟咖啡館，習慣的思維總是最直接而方便的生活秩序與模式，它就決定了我的晚餐是奶油地瓜法式吐司以及黑糖冰卡布奇諾。

楊寒先生，你難得在我的咖啡館吃晚餐，這樣吃得飽嗎？Laurent先生為我添加了白開水，夜色和咖啡一樣濃稠，突然

讓我幻想，夜色對於憂鬱的人而言是否也含有咖啡因。

因為下午陪我女朋友到柳川那邊，她在便利商店買了晚餐而我也喝了一瓶可樂，暫時不太餓。

柳川嗎？

你知道？那裡沒有什麼特別的風景，只是平淡地流過台中市。

楊寒先生，你知道嗎？心靈的風景才能解構我們靈魂的防禦……就像比起觀光客們聚集的塞納河，在巴黎我更喜歡在夏天的傍晚和她一起在聖馬丁運河畔散步。這兒沒有別緻的景色，就像我們貪戀過彼此然後平淡的愛情，如此平淡卻有著令人甘於如此的幸福。有時她也會拾起岸邊的小石子往被夕陽照映成橘紅色的河水丟去，就像在五線譜上放置了音符，讓我們漫步踱過的生活產生片刻激情的樂章。

Laurent先生，我想我稍微能夠體會。

.

比起觀光客們聚集的塞納河，在巴黎我更喜歡在夏天的傍晚和她一起在聖馬丁運河畔散步。這兒沒有別緻的景色，就像我們貪戀過彼此然後平淡的愛情，如此平淡卻有著令人甘於如此的幸福。有時她也會拾起岸邊的小石子往被夕陽照映成橘紅色的河水丟去，就像在五線譜上放置了音符，讓我們漫步踱過的生活產生片刻激情的樂章。

──來自巴黎的音樂家 Laurent

10. 凡登廣場

　　週六晚上，我因為寫論文而錯過了用餐時間。白晝被電腦上黑色的字體染黑，腦袋擰出一些擁抱過智慧的時間，然後發現我餓了。

　　我穿上拖鞋，拎著錢包、手機和鑰匙，往單叟咖啡館走去。

　　讓我詫異的是，咖啡館的玻璃牆上貼著一張紙條，寫著「老闆外出中」。

　　我站在咖啡館前面欣賞Laurent先生種的盆栽，一邊思考究竟是否要重新設定一個晚餐的位置。但三分鐘後，Laurent先生出現了，他似乎去逛夜市了，買了一個大腸包小腸和一杯木瓜牛奶之類的飲料。

　　啊哈，楊寒先生，今天晚上夜市很多人哪！Laurent先生

快步跑近，然後撕掉玻璃牆上的白紙，打開了門讓我進去。

　　Laurent先生出門前沒有關空調，因此咖啡館裡並不會覺得悶熱，我依舊在我慣坐的位置拉開椅子坐下，對Laurent先生說道，今天週六，很多人都來逛夜市啊！你還不是也去逛夜市了？

　　是啊！偶爾也想吃一些其他的食物。不過感覺好似整個台中的學生都擠在逢甲的夜市了？Laurent先生先放下他手邊的食物，遞了菜單給我。

　　就像全世界的觀光客都會聚集在巴黎？我翻著菜單，一邊對Laurent先生說道。

　　也可以這麼說，全世界的觀光客都會聚集在巴黎，世界各地著名的珠寶專櫃都聚集在凡登廣場，而世界上最美的風景都聚集在她的身上。Laurent先生感嘆地說道，他肯定想到十年前那個台灣女孩。

　　你又在想她了？我可以看看她的照片嗎？

　　下次有機會會讓你看的，楊寒先生。

　　你還愛她嗎？

我想，我愛她是一種習慣、一本沒有休止符的樂譜，彷彿是出自於天性的熱愛音樂那麼地熱愛她，我沮喪地承認不知道怎麼停止。所以十年前，我拿到博士學位並靠音樂賺了一些錢，就到台灣來找她。

　　找到了嗎？

　　不，太遲了，我按照她曾給我的地址尋找，但那個地址曾發生火災，鄰居說他們搬了家，我看著那焦黑尚未重建的廢墟，只有惆悵的悔恨像虛無一樣包裹著我。

　　有死人嗎？我說那場火災有受害者嗎？

　　有一個五十幾歲的男性，可能是她的父親。Laurent先生的神色黯淡而憂愁，彷彿我可以在他臉上閱讀出一首法國最憂愁的詩。

　　然後她們搬家了？你曾經用google去找她的名字嗎？如果你的學校很有名，她可能現在在某個地方教小提琴、教音樂。

　　我google過了，我什麼都找不到。她喜歡喝咖啡，因此我在她可能居住的城市開咖啡館，十年了！我希望有一天她能走進這家我開的咖啡館。

Laurent先生，我今天不想吃晚餐，請給我一杯最酸苦的咖啡，謝謝。

世界各地著名的珠寶專櫃都聚集在凡登廣場，而世界上最美的風景都聚集在她的身上。

——來自巴黎的音樂家 Laurent

11. 聖誕夜

　　我平常不是多舌的人，關於別人的事，即使是女朋友小君或我的弟弟我都不會說的，但我忍不住在聖誕節前，把Laurent為了那個台灣女孩在台中開了十年咖啡館的故事，告訴了來台中找我的小君。

　　Laurent先生是個曾經在世界各國舉辦小提琴獨奏會的音樂家，也曾在巴黎的普萊耶音樂廳演出過好幾場，也擔任過法國、英國許多電影的音樂總監。然後，他來到台灣，等待那個人推開單叟咖啡館的玻璃門。咖啡館裡有一杯咖啡是耗盡了思念的酸和苦，在磨豆機中磨碎了許多年的期待，是寂寞的，是孤獨的，是疲憊的，是衰弱的，是闌珊的，沒有人知道未來那個人是否出現，和我們一樣推開單叟咖啡館的大門。

如果她出現，會一個人來嗎？還是帶著誰？會不會帶一個讓Laurent先生感覺心痛的人，感覺像烈酒過後爛熟的疼痛，如此從額頭疼痛了心。或者，就這樣彷彿陌生，什麼事情都沒發生過地走了進來，他們會用法語交談嗎？還是用中文點一杯卡布奇諾或者其他？但不論耳畔響起哪一種語言，時間走過的是一種心痛的等待，愛情確定有時間和空間的界限，只有痛苦的思念能夠在時空中孤獨地演奏其哀傷。

但，她可能不會出現了。小君凝重的預言說出我們都設想了的事實。

整個台中這麼大、人口這麼多、咖啡店又怎麼多！即使那個女生在台中，又怎麼能那麼巧走進Laurent先生的咖啡館。

聖誕夜，我們決定去這位Laurent先生的咖啡館坐坐，和他聊聊天，聊聊巴黎，也聊聊他那與惆悵連結的愛情……

小君還是想去巴黎的，平常不研究金融的她，也正在注意歐元的走勢，考慮什麼時候把台幣的旅費兌換成歐元。

晚上的單叟咖啡館裡有兩桌客人，看起來都是情侶。Laurent先生已經為他們送上咖啡和點心，他正站在咖啡館中央演奏小提琴。小提琴的琴聲彷彿帶來生命幸福與歡樂的存在感，證明了上帝在這個晚上確實愛我們。

　　我們走進咖啡館的時候，Laurent先生剛演奏完一曲，博得四名聽眾的掌聲，他看見我們進來，把小提琴隨手放在吧台，招呼我們坐下並送上菜單。

　　聖誕快樂，陳小姐、楊寒先生……。Laurent先生的聲音渾厚彷彿巴黎教堂的聖誕鐘聲。

　　聖誕快樂！我從我男友這聽見你的愛情故事呢！我更想去你和她曾一起走過的巴黎街頭了。小君微笑地對Laurent先生說道。

　　是嗎？那年聖誕節，我和她在巴黎聖母院隔壁一條街道傾聽鐘樓的鐘聲。我們牽著彼此的手，彷彿要將對方的手搓暖，然後她彎著腰把手放進我的大衣口袋，我們是在鐘聲裡散步，走過那一天的幸福與寒冷，然後下雪了，我們的愛情故事像

雪、像鐘聲、像聖誕一樣，悄悄降臨你來不及見到的巴黎。

　　說著、說著，Laurent先生臉上的笑容稍微黯淡，只有淡淡的哀愁雪一樣地降臨。

　　那年聖誕節，我和她在巴黎聖母院隔壁一條街道傾聽鐘樓的鐘聲。我們牽著彼此的手，彷彿要將對方的手搓暖，然後她彎著腰把手放進我的大衣口袋，我們是在鐘聲裡散步，走過那一天的幸福與寒冷，然後下雪了，我們的愛情故事像雪、像鐘聲、像聖誕一樣，悄悄降臨你來不及見到的巴黎。

　　　　　　　　　　　　　　——來自巴黎的音樂家 Laurent

12. 存在主義

　　Laurent先生，請問我可以帶外食進來嗎？我和小君逛了逢甲夜市，她覺得腳酸了，想找個地方坐坐，於是我們有默契地走進了單叟咖啡館，可是我的右手握著咬了兩口的大腸包小腸，左手拎著一盒炒麵麵包。

　　啊哈，楊寒先生，別人是不行的，但你例外，歡迎、歡迎！Laurent先生爽朗地做出歡迎的動作。

　　我要一份咖啡檸檬片，一杯聽說很好喝的橘皮甜酒拿鐵。小君也算是單叟咖啡館常客了，但住在台北的她光顧此店的次數畢竟沒有我多，上次聽我說橘皮甜酒拿鐵很好喝，於是點了這杯飲料。

然後我發現Laurent先生也在吃外食，他的吧台上放了一個吃了一半的雞腿便當，從便當的外觀看來是在便當街上的自助餐店買的。

　　Laurent先生，你還在吃晚餐啊？小君問道。事實上，可能我們規定用餐時間的範圍是可笑的，為什麼我們不能等到肚子真的餓了的時候再吃東西呢？為什麼我們不能等到寂寞的時候才戀愛？

　　剛有一群楊寒先生學校裡的教授在這邊開會，剛走，因此我沒有時間吃飯。Laurent先生仍俐落地為我們倒水遞菜單。

　　進食，就像愛情一樣，是生命所需的一種方式。讓人感覺到存在的方式啊！我們不能永遠只品嚐詩一樣的咖啡，有時也得如稚嫩的幼獸學習覓食和用牙齒撕裂咀嚼食物。

　　然後，我也要一杯橘皮甜酒拿鐵，Laurent先生，請幫我拉花一把小提琴。我把菜單還給身為小提琴音樂家的老闆。

　　食物和愛情、小提琴都可以表現為一種存在。Laurent先生優雅地接過菜單，用理所當然的語氣回答我，同時看著我理所當然地在法式咖啡館裡嚼食大腸包小腸。

就存在主義者而言，我們沒有本質，說不定我們的存在就是在當下的食物、愛情或者小提琴？我順著Laurent先生的話題繼續說下去。

　　楊寒先生，你是研究中國的年輕學者，也讀存在主義？Laurent先生英俊好看的臉上露出了些微訝異的神情。

　　你用了「也」這個字，代表你也讀存在主義？我不懂西方音樂學院是不是也得讀一些哲學，倒沒有對Laurent先生露出什麼驚訝的表情。

　　在巴黎時，我和她可常走過那些存在主義哲學家們走過的街道……你們知道嗎？在一九五〇年代，西蒙・波娃、沙特等存在主義哲學家，和我們當時一樣地走進聖日爾曼德佩區的雙叟咖啡館或花神咖啡館，咖啡館還在那兒，但我和她曾經存在過的愛情呢？在無數次的日光巡行以及爭吵後，即使存在主義哲學家們也無法證明我們的愛情依然存在呢！

在一九五○年代，西蒙‧波娃、沙特等存在主義哲學家，和我們當時一樣地走進聖日爾曼德佩區的雙叟咖啡館或花神咖啡館，咖啡館還在那兒，但我和她曾經存在過的愛情呢？在無數次的日光巡行以及爭吵後，即使存在主義哲學家們也無法證明我們的愛情依然存在呢！

　　　　　　　　　　　　——來自巴黎的音樂家 Laurent

13. 美麗的身影

　　小君這次到中部有個時日不短的採訪，必須到南投和彰化的花場及農改場進行採訪，因此我們有多一點時間逛街。當她在市區某家咖啡館完成訪問和整理稿件後，我們沿途經過美術館，美術館正舉辦法國畫家福拉哥納爾的畫展，小君看見美術館外的告示牌，眼睛為之一亮，就這樣，我們循著水泥和鵝卵石鋪設的人行道，向美術館叩門，小君嘆道不公平，為什麼我的年紀較大卻可以買學生票，沒有讀博士的她卻只能買全票。但我知道她的抱怨只是為了戀愛的一種撒嬌的氣味，就像春天的青草被雨露洗滌的芬芳，帶著我們走向另一處不可知的戀愛甜蜜。

　　我們就這樣走進了福拉哥納爾的藝術殿堂。

小君很喜歡孩子，她說她大學一年級時曾參加過服務社團，暑假跟著學長姊到偏遠山地當原住民小孩的家教，她說孩子們像天使、像丘比特，然後我們停留在一幅45x36公分的畫布面前，欣賞那成群洛可可式畫風的丘比特，然後小君斜睨我，禁止我用帶著色情的視線注視畫布裡半裸而乳房挺立嬌美的女人。那麼，我的視線該投往哪裡呢？畫布背景那些襯托華美的黑色憂鬱嗎？我把視線轉移到觀畫的人群，看到一個身材纖細的金髮白人。

　　是Laurent先生，他站在流動的人群之中，彷彿站在流離的時間裡，固執地將自己纏綿在無法挽留的回憶，如此義無反顧，又堅持著什麼。總之，我看見他深邃湛藍的眼睛投射在福拉哥納爾的畫布上，投射在那一群小天使的翅膀，把自己也站成一幅優雅的畫。

　　但可能有人能夠發覺 Laurent 先生血肉深處那蘊藏了十年的惆悵依戀，一種接近咖啡的苦澀氣味，是青春燦爛過的餘韻，或者什麼都不是，僅是生命如影隨形的喜樂與哀愁。

Laurent先生優雅的臉龐在東方人當中顯得特立獨行，讓他自己成為自己的陌生人，讓他將自己埋在一種憂鬱而沉悶的氛圍裡，四周的人群安靜的流動，此刻，觀畫的人群沒有人說話，只有輕聲的腳步低語，訴說藝術在無法熟悉的時間流動。

　　我讓自己的影子帶著我走向Laurent先生，然後跟他打了聲招呼，法國人在台灣欣賞法國畫家的作品，這真是蠻奇特的一件事情。

　　Laurent 先生，你也來欣賞油畫啊？這幅畫曾經在巴黎看過嗎？

　　Laurent先生搖頭指著告示牌說道，這幅畫原先是收藏在紐約，他沒發現我的尷尬，對我說道：蒙馬特區的古斯塔夫摩洛美術館是以神話和聖經故事為素材的畫家摩洛生前的畫室改建而成，我和她曾經來過這裡注視每一幅畫作中的神話，而她美麗的身影曾出現在我的瞳孔只可能是我青春中的神話。

蒙馬特區的古斯塔夫摩洛美術館是以神話和聖經故事為素
材的畫家摩洛生前的畫室改建而成，我和她曾經來過這裡
注視每一幅畫作中的神話，而她美麗的身影曾出現在我的
瞳孔只可能是我青春中的神話。

　　　　　　　　　　　　——來自巴黎的音樂家 Laurent

14. 幽靜如一首田園詩

　　那一天我在圖書館讀有關叔本華的論文，那是一個靠窗邊的位置，然後稍微放鬆一下彷彿墜入哲學迷宮的眼睛，抬頭望向窗外正在被摧毀和消失中的陽光。這時候下午四點多，陽光以艱難的步伐避開隔絕風和雨露的雲，校園的草地在剩餘的午後青綠，如我們遲來的青春。我看見參加康樂社團的大學部學弟妹在草地上嬉戲，玩一種類似繩綁著保特瓶的遊戲，也有行人三三兩兩穿過人行道，在既定的道路中縝密地設想他們該行走的道路。

　　我很深刻體驗到，這是一種選擇，如同我選擇端坐在圖書館裡膜拜叔本華的智慧，他們選擇嬉戲他們的青春，或只是下課穿過重複旅行過的校園，然後我看見Laurent先生也出現在

逢甲的校園裡。他牽著一隻黃金獵犬，那有著一身類似他金髮皮毛的大狗，他讓狗在草地上奔跑，彷彿放逐自己曾經憂鬱且依然憂鬱的金髮。

為什麼Laurent先生會有一隻黃金獵犬呢？坐在叔本華論文集前面的我滿是疑惑，疑惑地不是對於叔本華的智慧箴言，而是從沒有出現在單叟咖啡館的大狗。人總會對不關自己的事感到好奇或疑惑，人世間的情感和紛爭不就常在這種與自己不相關的事情與事情間隙中遊蕩嗎？然後兀自讓警戒和充滿敵意的靈魂，彼此相碰撞他們自己……

不論怎樣，我對於已經是朋友的Laurent先生突然養了一隻黃金獵犬感到好奇，我離開飽經智慧摧殘而滄桑的叔本華論文集，走出了圖書館的冷氣，將自己的身體一階一階地在圖書館的階梯移動，然後聽見自己的呼吸和腳步聲趨向校園那片草原，趨向Laurent先生。

哈囉，楊寒先生。Laurent先生很快地注意到我，就像我們預定的一樣，我們彼此打了聲招呼。

你怎麼會突然養一隻黃金獵犬？

Laurent先生牽起了狗的鍊子，搖頭對我說道，這是另一位熟客的狗，這個下午暫時寄放在我的咖啡館，我覺得牠孤單地像我，因此我們一起離開咖啡館的冷清，將自己奔逐在尚未夜晚的青草地上。

　　我和正遛狗的Laurent先生離開草地，走在草地中間延展開來的黑色鵝卵石人行道上，這時午後的風吹落了一些寬闊、如我們曾經擁有的快樂一般的黃葉，我們踩在落在人行道的樹葉上，發出了嚓嚓的聲音。

　　那種聲音就像我們鞋底磨碎了誰的心事，又像樹葉讓自身成為樂器，讓我們來演奏它的悲歌。

　　這條小徑有點像巴黎貝西區的一條水泥人行道。Laurent先生說道。

　　怎麼說？我詢問。

　　很安靜，只有落葉的聲音和我們的腳步聲……巴黎的貝西區幽靜如一首田園詩，她總喜歡用她那彈鋼琴的纖細手指，拉著我的手穿過貝西午後的綠蔭，穿過我們曾經的美好記憶，她也喜歡用平底靴子踩碎那些人行道上枯乾發黃的葉子，她說：

「好像把整個秋天都踩碎了。」

　　我還記得那枯葉碎裂的聲音，我甚至懷疑她用她那精巧的褐色短靴，為我踩出了韋瓦第的四季協奏曲，那是一個美好的秋天，秋天在巴黎的小提琴協奏曲。

　　巴黎的貝西區幽靜如一首田園詩，她總喜歡用她那彈鋼琴的纖細手指，拉著我的手穿過貝西午後的綠蔭，穿過我們曾經的美好記憶，她也喜歡用平底靴子踩碎那些人行道上枯乾發黃的葉子，她說：「好像把整個秋天都踩碎了。」

　　我還記得那枯葉碎裂的聲音，我甚至懷疑她用她那精巧的褐色短靴，為我踩出了韋瓦第的四季協奏曲，那是一個美好的秋天，秋天在巴黎的小提琴協奏曲。

　　　　　　　　　　　　　　　　──來自巴黎的音樂家 Laurent

15. 冰淇淋

　　那天中午突然覺得肚子很餓，在學校圍牆邊一家小火鍋店吃大腸臭臭鍋，吃得滿頭大汗，脖子滲出汗水而臉頰紅潤，喝了四、五杯免費的紅茶，感覺仍降不下體內燥熱的騷動，走出店門口看見不遠處有家冰舖，許多學生在店門口排隊買冰。

　　這家冰舖的特殊商品是在水果風味的冰淇淋上撒上糖霜、可可脆片、巧克力醬以及各種當季或四季皆有的水果，例如草莓、蘋果、香蕉、鳳梨、奇異果、百香果、西瓜等等，有時也會用果醬或鮮奶油添加冰淇淋的風味，這樣的冰淇淋就像一美麗的女子又加上了合襯的裝扮、纖細的化妝，更襯托其中的美好，因此一客冰淇淋的價格雖然逼近便當街的一份排骨便當，生意仍然相當興隆。

我覺得燥熱，於是也排隊拎了一客香草奶油可可咖啡風冰淇淋離開，然後轉念一想，好久沒有去那間特別容許我帶外食的咖啡館，於是又讓自己在前往單叟咖啡館的路上。

　　前往單叟咖啡館的路上是什麼樣的感覺呢？

　　是前往來自法國的古典音樂，我好喜歡那店內小提琴優雅的色澤，小提琴好像閒置在那邊就能讓人感覺到音樂。

　　是前往一種青春逝去後的惆悵愛情，我可能理解那個法國人的浪漫與清冷，有時候我們對於愛情的誓言都太慎重也太輕忽了，以致後來，我們無法得到什麼愛的論證，而發現更多人只是投機於愛情的及時行樂。

　　就像喝一杯咖啡，我們及時享受那種甘苦複雜的酸甜，或者等到一、兩天以後還能回味：啊，前幾天我曾在單叟咖啡館喝過一杯好棒的咖啡！

　　可不可能，在兩三年後，甚至十年以後，我們還記得年輕時的一杯咖啡味道，那種深邃甜美如宇宙運行的漆黑與燦爛，我以為，說不定真的有這樣一杯咖啡呢？只是我們生活被庸俗常據，誰知怎麼能殊遇見記憶味覺的美好？

然後，我拎著注定是香甜的冰淇淋推開單叟咖啡館的玻璃門。

　　單叟咖啡館裡沒有客人，Laurent先生正用一條白色的抹布擦拭櫃臺，店內的音響正運作著，虛擬重現出柴可夫斯基的F小調第四號交響曲。

　　音符間變化跳躍，憂鬱沈悶的音符在婉轉連續爬升中也能引發空氣裡的熱情，讓冷清的咖啡館也有什麼正在運行的活力，好像就是要在如此寂寞冷清的咖啡館欣賞這樣的音樂，好像用耳朵和音符去論證人世的悲哀和壓抑，才能瀟灑自在交疊生命的音符。

　　Laurent先生抬頭看見我，先是一笑，然後又看我拎著外食，收斂了笑容，最後才又說，楊寒先生，歡迎……你又帶著你的午餐來了？

　　這是冰淇淋，今天有點熱，想來你這邊吹冷氣、吃冰淇淋和喝杯冰咖啡。我回答著Laurent先生，然後坐在靠近小提琴櫥櫃的桌子旁邊，打開冰淇淋紙碗上的塑膠蓋。

　　好豐盛的冰淇淋哪！彷彿一座冬天的花園在這個碗裡盛

開。Laurent先生走近我身邊，探頭看了一下我面前的冰淇淋，如此感動說道。

就在學校圍牆旁邊的冰舖買的。我回答Laurent先生。

Laurent先生點點頭，若有所思地對我說道，那個台灣女孩……她也很喜歡吃冰淇淋。巴黎最老牌的冰淇淋是Berthillon，那美好的滋味是隱藏在聖路易島的巷弄間，可是我和她直到冬天才發現這家冰淇淋，我們就在歐陸乾冷的寒風裡共享熱帶水果百匯冰淇淋。她說好冰，可是好甜，好像整個冬天的甜蜜都在這兒先結成了霜。

巴黎最老牌的冰淇淋是Berthillon，那美好的滋味是隱藏在聖路易島的巷弄間，可是我和她直到冬天才發現這家冰淇淋，我們就在歐陸乾冷的寒風裡共享熱帶水果百匯冰淇淋。她說好冰，可是好甜，好像整個冬天的甜蜜都在這兒先結成了霜。

——來自巴黎的音樂家 Laurent

16. 艾菲爾鐵塔

　　自從上次和Laurent先生在校園裡巧遇，才知道他偶爾會在咖啡館大門前掛上「有事外出」的牌子，然後到逢甲校園或者其他地方溜達。Laurent先生說，我們需要旅途，即使是跨出家門的旅途，一小步就能夠讓我們領略到我們的生命在移動，領略到移動的風景，領略到我們和世界一起從年輕到變老的生命情節，然後說服自己，即使我們無法抗拒變老，無法避開人生的遺憾、心痛、失敗或後悔，我們總是如此認真地在自己的生命以及世界踏出了步伐。

　　我用小湯匙攪拌著淋上葡萄冰沙的波多爾冰咖啡，一邊傾聽Laurent先生對我陳述的心境想法。

　　年輕時我們愛幻想，但我們總是要回家的，像從幽暗的森

林或斷垣殘壁的迷宮中回家的冒險者，帶著記憶從原本以為的天涯回到另一個天涯，我們的家。我如此對Laurent先生說完，然後嚐了一口葡萄冰沙混合咖啡的味道，葡萄的酸甜和咖啡的甘苦出乎意外地交響出另一層次的味覺饗宴。

楊寒先生，我沒有家。Laurent先生神色如此黯然憂鬱，彷彿我們的生命下一分鐘就是夜晚。

呃？你不是法國什麼Clermont-Ferrand地方的人嗎？

我的父親很早就過世了，我的母親在我讀博士的第一年生病，我休學回家鄉陪伴母親渡過她生命的最後幾年，然後重新回到凡爾賽音樂學院時，讓我遇見了那個台灣女孩……Laurent先生說道，我們人與人的相聚，哪怕是家人與家人的相聚，都像風一樣抽象不定。

的確是這樣的，原來Laurent先生你本來可以更早拿到博士學位啊？我點頭認同Laurent的看法，一方面驚訝他的音樂天才。

我們音樂演奏博士通常都二十幾歲就可以拿到了！楊寒先生，你們學文學的，不需要琴房，通常會在圖書館讀書嗎？

Laurent先生如此問我。

　　我在圖書館讀書，也會在博士生研究室讀書，我們的研究室是在學校中最高的那棟大樓，在十樓的窗邊，那窗戶並非一般大廈密閉或氣密式窗戶，如果天氣不好，常會聽到風聲嘶吼過窗邊，常會讓我想到中國古代的詩句「高樹多悲風，海水揚其波」，讓我想起幾段失去的戀情和遠在台北的小君。

　　楊寒先生，你不喜歡登高遠眺嗎？在巴黎，有很多可以登高遠望的地方，例如巴黎聖母院、春天百貨公司或阿拉伯博物館或者龐畢度中心頂樓的喬治餐廳……但最著名的可能是艾菲爾鐵塔，有人說艾菲爾鐵塔是巴黎人的陽具崇拜，但我寧願那高塔是讓風演奏的小提琴，在戰神廣場，只有風用那曾經出現在我們青春的彩虹，以legato弓法圓滑拉動了我們曾經戀愛過的那幾個音符。

　　咖啡館外的天色逐漸暗了，我和Laurent先生一同望著那玻璃牆外的巷弄逐漸被斜陽瓦解、黯淡、破碎，惆悵起那曾經穿越高樓和陌生我們青春的風。

有人說艾菲爾鐵塔是巴黎人的陽具崇拜，但我寧願那高塔是讓風演奏的小提琴，在戰神廣場，只有風用那曾經出現在我們青春的彩虹，以legato弓法圓滑拉動了我們曾經戀愛過的那幾個音符。

——來自巴黎的音樂家 Laurent

17. 文心公園

　　昨天晚上小君和她的同事在南投信義鄉的農場進行採訪，今天一大早我開車到台中火車站前的客運車站接她們，然後在高鐵烏日站送走她的同事，我們從中彰快速道路重新回到台中市區。兩個人在一起，快樂喜悅，不時用低聲笑語填充彼此相聚的時間。

　　然後，我走錯交流道了，從五權西路交流道提前下了高架道路，小君笑著對我重複她的箴言，迷路也是一種旅程呀！迷路才能離開平日生活的庸俗，離開那些我們既定而可能顯得枯燥乏味的生活。

　　我、我不是迷路，只是提早了一個交流道下來。我清咳了一聲，想說服自己也說服小君。

我們開車在市區繞了一下，經過文心路。小君指著緊鄰路邊的文心公園，問我，我們進去走走？

　　如果能跟誰一起在公園悠閒地散步，那麼跟這個人的感情一定會變好的，公園就是有這種魅力，像咖啡館一樣，得以讓我們的靈魂暫留，在風景與風景的氣氛中，得以跟另一個人一起優美彼此的情感。

　　文心公園很大，其中也有些雕塑品，我們迂迴於公園的步道上，也仔細迂迴過我們彼此靜謐快樂的情節，我們是這樣走了大半天，然後，小君說她腳酸了，輕捶著自己的小腿。

　　我們離開公園，到單叟咖啡館去。

　　我們需要公園讓靈魂散步，也需要咖啡館使我們的心情休憩。

　　Laurent先生為我和小君調了兩杯提拉米蘇咖啡，小君昨天晚上並沒有睡好，她說山上太冷了，借住農場的棉被不夠暖，喝了一口Laurent先生的咖啡，她顯得更有精神了些。

　　今天假日，楊寒先生你怎麼不帶女朋友出去玩呢？Laurent

先生送來了飲料，站在桌邊詢問我。

我們剛剛迷路，去了文心公園。小君開心地對Laurent先生說道。

迷路也是旅程之一？真好啊！Laurent先生顯然已經非常瞭解小君的名言，如此對我們說道。

沒錯，而且文心公園和台中公園都各有不一樣的情調，散步起來非常愉快！小君開朗地對Laurent先生說道。

是啊！尤其跟情人一起在公園裡散步會更愉快的……在過去，我和她也經常在巴黎的公園裡散步，巴黎有四百多座大大小小的公園，而莫內很喜歡在其中一座蒙梭公園裡畫畫。你知道嗎？莫內的畫不會特別注意物體的外型，而是透過色彩繽紛的變化去襲擊我們眼睛的印象，成為一種變化無窮的炫麗。我也曾經和她攜手花上半天時間逛蒙梭公園，現在想起來就好像走進莫內的畫中一樣，那些美好就只剩下朦朧的印象，如此渲染了我內心深處色彩奪目的記憶。

Laurent先生的表情是如此溫柔，幸福，又如此寂寞。

巴黎有四百多座大大小小的公園，而莫內很喜歡在其中一座蒙梭公園裡畫畫。你知道嗎？莫內的畫不會特別注意物體的外型，而是透過色彩繽紛的變化去襲擊我們眼睛的印象，成為一種變化無窮的炫麗。我也曾經和她攜手花上半天時間逛蒙梭公園，現在想起來就好像走進莫內的畫中一樣，那些美好就只剩下朦朧的印象，如此渲染了我內心深處色彩奪目的記憶。

——來自巴黎的音樂家 Laurent

18. 畢卡索美術館

這天我從圖書館裡借了一本沙特的《想像心理學》，有時候我在想，當我們與一本正確的書相遇時，就像小女孩在布偶店選購一個洋娃娃那般高興，那些依舊在等待我們的書，不知道會不會寂寞呢？

就像依舊在等待那個台灣女孩的法國人Laurent先生，他會不會寂寞？

我將書夾在腋下，往Laurent先生的單隻咖啡館去。

不過，顯然Laurent先生今天不太寂寞，隔著咖啡館玻璃牆，我看見Laurent先生在好幾個年輕女孩間拉小提琴，悠揚的琴聲傳到巷弄，是布魯赫的〈G小調小提琴協奏曲第二樂

章〉，平靜流暢地將甜美和充滿感性的情節，化為音符在耳畔流動，彷彿用琴弦追溯那些我們來不及記憶、來不及快樂的情事，憂傷與美好如思緒在時間裡糾纏過的故事，音樂是如此悠揚又緩慢，用拉長的音符將那些過往的情事，在當下反覆婉轉迴旋，時間和音樂是如此夢幻，讓我們無法在呼吸和傾聽間停止感動。

我是如此站在咖啡館外面傾聽，在Laurent先生演奏完第二樂章，才推門進入咖啡館。此刻，只有那些女孩們的笑語和鼓掌聲。

Laurent先生看見我來了，把他的小提琴隨手放在吧台上，揚手對我打招呼。

我剛一直在門外聽你的演奏，Laurent先生。能聽到這位法國音樂家的小提琴聲，實在是相當幸福的事。

她們是唸音樂系的孩子，因為其中一位之前來過，看見我櫃子裡的小提琴，因此今天就約了同學一起來了！Laurent 先生為我解釋，那些活潑如春天鳥雀的女孩，正是特地為了他的演奏而來。

嗯，那是布魯赫的曲子吧？

是啊！你聽得出來？在巴黎的時候，我經常為她拉這首曲子……你知道巴黎畢卡索美術館嗎？畢卡索美術館相較於鄰近的聖母院並不特別顯眼，但我曾在那美術館前面青石板鋪成的廣場，為她用小提琴演奏布魯赫的〈G小調小提琴協奏曲〉，她就坐在美術館前的石長凳上點頭說好聽或說不好聽，畢卡索的畫具有重新詮釋物體形狀的能力，而那時候的她能夠把我小提琴拉出的悲傷音符重新詮釋為幸福。

是啊！我想，我們都有將悲傷重新化為幸福的能力，我想。

你知道巴黎畢卡索美術館嗎？畢卡索美術館相較於鄰近的聖母院並不特別顯眼，但我曾在那美術館前面青石板鋪成的廣場，為她用小提琴演奏布魯赫的〈G小調小提琴協奏曲〉，她就坐在美術館前的石長凳上點頭說好聽或說不好聽，畢卡索的畫具有重新詮釋物體形狀的能力，而那時候的她能夠把我小提琴拉出的悲傷音符重新詮釋為幸福。

——來自巴黎的音樂家 Laurent

19. 凱旋門

　　我和Laurent先生聊起巴黎的事，我並不瞭解歐洲，對法國或巴黎也沒有特別的興趣，我能夠直接說出來的巴黎風景，大概只有艾菲爾鐵塔、羅浮宮，哦！還有凱旋門。

　　我想，Laurent先生應該也曾去過凱旋門吧？關於巴黎，能夠作為回憶的風景實在太多。

　　巴黎的凱旋門？我和她當然曾經踩著一階一階的石階上去過，我牽著她的手走過那兩百七十三階的樓梯。第一次，我們在夏天的正午抵達了凱旋門的頂部平台，她說我們在彼此的愛情中都得到了勝利與和平！我們一起看著巴黎十二條大路都以我們的愛為中心向四周放射，但現在想來是巴黎十二條大道星散了我們全部的愛，只剩我在回憶裡出征，不斷尋找可以抵抗

哀愁的愛。

Laurent先生深邃的藍色眼睛彷彿在嘆息。

每一處跟情人到過的風景，都可能是回憶裡用來抵抗哀愁或製造哀愁的景色。

楊寒先生，你說得沒錯，假設我們生命當中有在那凱旋門聚集的十二條大道，我們又該如何跟情人一起選擇生命前往的方向？哎，我們總不能說，在愛情的迷路也是生命的旅途之一。

迷路可能跟愛情無關。我們都幻想過愛情能夠順利，但愛只是我們從原來的家庭放逐到另外一個家庭的過程，那種過程也許很辛苦，就像登上凱旋門的過程一樣，在堅固狹窄的石階上，我們如此疲倦卻又樂於登頂，但登頂確定能夠獲得勝利的凱旋嗎？

我們只是需要一種放棄和佔有，其實，楊寒先生你也知道，我們不但行走在生命的道路上，從一個家庭流放到另一個家庭，同時也將自己的靈魂從一個人身上放逐到另外一個人身上。我們無法確定，那十二條道路中，我們究竟該走向哪一條

道路才能平遂安康。

　　不論是不是愛情，每一個時刻，都可能是成功或失敗的時間，但如果我們不選擇一條道路來走走看，只怕我們下一分鐘死去時就會後悔。

　　巴黎的凱旋門？我和她當然曾經踩著一階一階的石階上去過，我牽著她的手走過那兩百七十三階的樓梯。第一次，我們在夏天的正午抵達了凱旋門的頂部平台，她說我們在彼此的愛情中都得到了勝利與和平！我們一起看著巴黎十二條大路都以我們的愛為中心向四周放射，但現在想來是巴黎十二條大道星散了我們全部的愛，只剩我在回憶裡出征，不斷尋找可以抵抗哀愁的愛。

　　　　　　　　　　　　　——來自巴黎的音樂家 Laurent

20. 亞歷山大三世橋上的路燈

　　可能今天整個台中市區都起霧了。

　　晚上九點左右，我從學校圖書館出來，校園裡的路燈在濛濛霧中製造了水晶般的夢境，夜色的校園像沉浸在深邃的池塘，周圍的霧色綿密了移動的人影，像我們回憶裡的心事，面貌和顏色都分不清了，只剩下大致的輪廓，霧朦朧了我與路人間的彼此，也朦朧了這一座城市，彷彿霧帶來了一座新的城市，但我們還沒有為這座城市命名。

　　然後，我想到，每一個夜晚其實都帶來了新的而且神秘的城市，讓整個城市都有著如此吸引人的神秘魅力。

　　而這樣大霧的夜晚，是適合飲一杯卡布奇諾的。

　　我走向單叟咖啡館。

沒想到Laurent先生正從那咖啡館的巷弄走出來，他穿著灰色的毛絨長外套，手插在口袋裡，緩緩踱步，彷彿讓人一眼就望見他的心事。然後，他抬頭看見我，他舉起右手向我打了招呼。

　　晚安，楊寒先生。

　　晚安，Laurent先生。

　　楊寒先生，今天晚上的霧好大啊？

　　是啊！台中難得起那麼大的霧。你要去哪呢？

　　我想去夜市買土耳其冰淇淋，你想去我那邊喝一杯咖啡嗎？

　　我本來是有這個打算的，但現在可能去買杯木瓜牛奶或冰麥茶。

　　那麼……我們一起去吃土耳其冰淇淋和不道地的法式捲餅怎麼樣？

　　好啊！我乾脆地答應Laurent先生，偶爾吃法式捲餅這種女孩愛的食物也不錯，站在法式捲餅的小舖前，看老闆用從容的神態在炙熱的圓鐵板上，擺弄他所嫻熟的藝術，那些配料或塗醬彷彿彩虹在雲層間湧動，安靜又如帶著顏色的風，席捲過

天空，讓女孩們可能可以感覺到每一塊法式捲餅都可能帶著青春甜蜜的故事。

　　我和Laurent先生抄近路穿過夜色的校園，欲前往賣土耳其冰淇淋和法式捲餅的夜市，看著霧濛濛的校園，校園裡路燈如星辰一樣飄浮夜空，Laurent先生不禁抬頭說道：

　　夜晚的路燈總是浪漫的。那時，在巴黎，我和她因為在歌劇院看《阿伊達》太晚趕不上公車，我們走在深夜的巴黎街頭，就這樣經過那青銅路燈點亮的亞歷山大三世橋，我們愉快地討論歌劇中拉達梅斯和阿伊達至死不渝的戀情，我們以為亞歷山大三世橋上的路燈正如璀璨星光一樣，照耀我們未來的愛情之路，但只有我如拉達梅斯被埋進了愛情的地牢，沒有人為我祈福……

夜晚的路燈總是浪漫的。那時，在巴黎，我和她因為在歌劇院看《阿伊達》太晚趕不上公車，我們走在深夜的巴黎街頭，就這樣經過那青銅路燈點亮的亞歷山大三世橋，我們愉快地討論歌劇中拉達梅斯和阿伊達至死不渝的戀情，我們以為亞歷山大三世橋上的路燈正如璀璨星光一樣，照耀我們未來的愛情之路，但只有我如拉達梅斯被埋進了愛情的地牢，沒有人為我祈福……

——來自巴黎的音樂家 Laurent

21. 羅丹美術館

　　我和Laurent先生一起吃法式捲餅的隔兩天，我在單叟咖啡館的吧台上看到一座小小的凱旋門模型，那似乎是只有巴黎觀光客才會買的紀念品。

　　Laurent先生注意到我疑惑的視線，他對我解釋道，那是他在巴黎第五大學任教的同學認為Laurent先生可能會思鄉，特別寄來給他一解鄉愁。

　　Laurent先生，你會想念巴黎嗎？你會想念法國嗎？我無法體會離開自己的國家這麼遠、這麼久，應該要用什麼樣的表情去想念遙遠的國家呢？但我又轉念一想，Laurent先生肯定更思念那個十年前的台灣女孩，為那台灣女孩的身影，就這樣將Laurent先生的靈魂和身軀拘禁在這個太平洋邊緣的小島。

我想如果我是Laurent先生，我肯定知道我已經失去了她，或許只能夠永久地讓她在心靈與記憶中存活，而讓實際於當下和未來的那個台灣女孩，如此漂泊不定地遠離與不存在於自己的視界當中，我一定知道的。

　　我一定是知道的，但我還是留在這兒不肯走，等待著什麼時候與重來的愛情擦肩而過。

　　比起這樣廉價和可能缺乏美感的紀念品，我更希望我的朋友寄來羅丹的「沉思者」呢！我們總是在生命的曠野邊緣沉思，低頭省思自己曾經的偶然，抬頭仰望天空，漫天虛無的風景，而那可能是我們的未來。Laurent先生把凱旋門的小紀念品拿在手裡拋著，然後隨手重新放在吧台上。

　　關於羅丹，我只有讀過《羅丹藝術論》，甚至連羅丹是不是法國人，我都還不清楚，因此我向Laurent先生請教了羅丹的事。

　　羅丹是一位影響力遍及歐洲的藝術家，他是一個印象主義藝術家，他的作品造型表現出光與影流動的美學。著名的作品

像沉思者和地獄之門，你知道沉思者嗎？

Laurent先生對於不認識羅丹，表現出相當遺憾的樣子。

關於「沉思者」，我知道啦！我有些尷尬。

哎，羅丹的美術館就在巴黎啊！你如果跟你的女朋友到巴黎玩，記得去那美術館走走……我和她曾經去過兩次位於巴黎的羅丹美術館，她曾站在羅丹的作品「地獄門」前面俏皮對我說，戀愛像不像進地獄啊？

在戀愛中，我們熱情過，也痛苦過，也有快感的時候，同樣也有思索彼此的時候，我們的戀愛彷彿形塑成羅丹的塑土、青銅和大理石，就讓我在季節的流轉裡一直是一尊羅丹的「沉思者」。

Laurent先生沉思著他青春過的戀情，深邃的表情彷彿羅丹美學中所謂的光與影的流動……

我和她曾經去過兩次位於巴黎的羅丹美術館，她曾站在羅丹的作品「地獄門」前面俏皮對我說，戀愛像不像進地獄啊？

　　在戀愛中，我們熱情過，也痛苦過，也有快感的時候，同樣也有思索彼此的時候，我們的戀愛彷彿形塑成羅丹的塑土、青銅和大理石，就讓我在季節的流轉裡一直是一尊羅丹的「沉思者」。

——來自巴黎的音樂家Laurent

22. 不褪色的彩色玻璃

夏天的時候，在東海大學演奏廳有一場東華大學交響樂團的演奏會。博士班的學長姊笑著說那是我大學母校學弟妹的演出，極力約我一起去聆聽這場音樂會。我們在音樂後被散場的人群沖散，人群彷彿是沒有方向的風無度流動，我們彷彿是無法阻止飄零的落葉，如此隨風各自飄散。

走出充滿急促呼吸聲的演藝廳，周圍的空氣彷彿經過樹林的過濾而顯得乾淨，月光如樂團的金屬樂器閃亮耀眼，而在人群當中，我也看見一金黃色頭髮的男子。

是 Laurent 先生！他是音樂演奏博士，難怪會出現在音樂會上。

我努力穿過人群，和Laurent先生打聲招呼。

啊哈！楊寒先生，你也來聽演奏會啊？Laurent先生愉悅地對我說話，不知道是否因為聽到好聽的音樂才那麼高興。

因為我的學長姊說，這是我大學母校的學弟妹來演奏，拉我來聽啊！我擺一擺手說道，音樂是為了雕琢我們的情感愛欲，讓我們的靈魂能夠在音符的跳動中彼此交流。今晚，我也在音樂的流動中，認識了我從不曾謀面的大學學弟妹。

今天演奏的是楊寒先生你母校的學弟妹，然後你是跟博士班的學長姊來聽？真好啊！音樂讓我們能夠如此深切地感知到世界，也讓我們人與人之間得以真實、單純、熱情地融合彼此的情感，讓我們認識。就好像神賜給我們的寶貴聲音……Laurent先生如此感動地說道。

神賜給我們的寶貴聲音嗎？我對於這句話有些感觸，不知道誰也說過詩是我們與神對話的語言。

難道你不這樣覺得？每次上音樂廳，我就彷彿上教堂一樣感覺到神聖莊嚴。Laurent先生對我的反應有些愕然。

沒有啦！我覺得Laurent先生比喻、說明得很好。

我在巴黎還在當學生時，也經常在教堂內演奏呢……西提島上除了聖母院外，在高等法院內還有一座較小的聖禮拜堂。我們學校的樂團曾經來這裡演出，那時我和她都是第一次來，我們驚訝看見上層的禮拜堂內有大片的玻璃彩繪，璀璨的彩色玻璃傾訴那聖經上意義深遠的故事，而我褪色的青春則遺留了無法重來的愛情。

　　我們的青春和愛情有沒有可能就像教堂彩色玻璃一樣，經過時間的恆久而不會褪色呢？

　　西提島上除了聖母院外，在高等法院內還有一座較小的聖禮拜堂。我們學校的樂團曾經來這裡演出，那時我和她都是第一次來，我們驚訝看見上層的禮拜堂內有大片的玻璃彩繪，璀璨的彩色玻璃傾訴那聖經上意義深遠的故事，而我褪色的青春則遺留了無法重來的愛情。

——來自巴黎的音樂家 Laurent

23. 市政府

　　最近在學校附近有一座新的大廈落成，拆掉的防塵網、鐵皮圍牆，讓整座大廈白色華麗的外觀也成為市區的景觀之一，我每次出門或回宿舍時，都會忍不住抬頭多看那建築物一眼。

　　春日黃昏，我在那建築物的眷顧下，走進單叟咖啡館點了一杯拿鐵。

　　Laurent 先生不知道去哪兒買了一大紙袋的馬卡龍，就坐在吧台前面吃著這法式點心，然後也招待我享用菜單上沒有的點心。

　　楊寒先生，你們台中市的市政府搬到這附近來嗎？

　　沒有聽說，你怎麼那麼問？

　　最近附近有一棟白色高大的建築物蓋起來，好像豪華飯店

似的，我以為那是你們的市政府哩！

　　那看起來就應該是豪華飯店啊？Laurent先生你怎麼會把那建築物當成市政府？

　　我們巴黎的市政府外觀就像豪華飯店啊！如果市政府不建築得莊嚴華美，怎麼能統治巴黎人的藝術與浪漫呢？建築物是如此重要的時空存在，彷彿沒有期限但卻能與人類的過往輪迴闡釋新生的美感和意義，建築物不但遮蔽我們的生活，也呼應著我們精神上的富裕，因此巴黎人是如此重視建築物的外觀呢！

　　我們台中市的市政府也很漂亮啊！台中市的市政府就在台中港路上，不過當我對曾生活在巴黎的法國人說出台中市政府也很漂亮的話，真讓我有些害羞。

　　巴黎市政府就像巴黎其他建築物一樣，有如繪畫般華美……我和她曾經在外觀彷彿豪華大飯店的巴黎市政府前面接吻，我們是多麼願意巴黎市政府見證我們的愛情，讓我們的吻如同室內設計師魏爾德·羅的建築設計一樣華麗，卻又如象徵主義畫家皮埃爾·皮維斯·德·夏凡納的壁畫一樣令人印象深刻。

市政府

Laurent先生一邊吃著法式點心馬卡龍，一邊如此回味著過往的青春。

　　我和她曾經在外觀彷彿豪華大飯店的巴黎市政府前面接吻，我們是多麼願意巴黎市政府見證我們的愛情，讓我們的吻如同室內設計師魏爾德‧羅的建築設計一樣華麗，卻又如象徵主義畫家皮埃爾‧皮維斯‧德‧夏凡納的壁畫一樣令人印象深刻。

——來自巴黎的音樂家 Laurent

24. 管風琴的華麗

　　由於上星期幫一個碩士班學弟看了篇有關現代詩評論的小論文，今天他上課時特別帶了一杯便利商店的拿鐵給我。但喝慣了Laurent先生特調的咖啡，覺得便利商店的拿鐵只是咖啡口味的牛奶而已，因此當我喝完了那杯拿鐵後，不由自主地往Laurent先生的單叟咖啡館走。

　　走到單叟咖啡館那條巷弄，一輛藍色的貨車停在這狹小的巷弄中。

　　在單叟咖啡館前面，貨車上的小吊臂正把一架三角鋼琴吊下來，金髮的音樂家Laurent先生和另一個看似樂器行老闆模樣的男人正在指揮工人妥善地搬運鋼琴。

我走到Laurent先生旁邊，Laurent先生告訴我這是他剛買的鋼琴，由於咖啡館的生意太冷清了，因此他非常地悠閒，所以決定買架鋼琴放在咖啡館裡，這樣在沒有工作的時候可以練琴。

Laurent先生似乎不太在意咖啡館的生意，當鋼琴被放進咖啡館預先空出來的角落時，他先付了錢給樂器行老闆，然後就自顧坐在鋼琴前面彈奏起來，Laurent先生愉快地為我解釋，現在他彈奏的是莫札特〈G大調第17號鋼琴協奏曲的第二樂章〉，輕快的音符就像俏皮的小精靈般在空氣中流竄，音樂彷彿甘霖，可以洗滌心靈，讓心靈跟著音符也平靜起來，讓耳朵和情緒都能感覺到平靜快樂。

所有的樂器中，感覺鋼琴的聲音最華麗，最能扣動人的心弦呢！

楊寒先生，你認為鋼琴的聲音最華麗囉？那你聽過管風琴演唱風的華麗嗎？在巴黎的聖厄斯塔許教堂有八千根管子組成的管風琴，當有人在彈奏管風琴時，彷彿風代替我在歌德式的華麗大教堂裡對她說了八千次：「我愛你！」

管風琴？彷彿聽風在唱歌的管風琴。好浪漫的形容啊！我曾經在電影裡教堂彌撒的片段聽過，彷彿整座教堂都跟著一起撼動的歌聲，但演奏過後的華麗總讓人覺得感動之外還有風的虛無。

楊寒先生，你說得沒錯，音樂和愛情都多麼感動我們，但音樂和愛情過後都會讓我們惆悵而感到虛無，因此我們才會更期待下一次聆聽音樂的感動……接下來，我要彈莫札特第17號鋼琴協奏曲的第三樂章囉……

Laurent先生是如此歡樂地彈奏他的新樂器，彷彿重新邂逅了他的戀人。

你聽過管風琴演唱風的華麗嗎？在巴黎的聖厄斯塔許教堂有八千根管子組成的管風琴，當有人在彈奏管風琴時，彷彿風代替我在歌德式的華麗大教堂裡對她說了八千次：「我愛你！」

——來自巴黎的音樂家 Laurent

25. 未竟的婚禮

　　由於我在其他學校兼課的大一國文課本裡有一篇〈創世神話〉的課文，是從《山海經》、《淮南子》擇錄出來的神話片段，因此我在圖書館借了一本希臘羅馬神話的書籍，想在課堂上做中國神話和西方神話的比較。

　　我帶著書籍和我的筆記電腦到單叟咖啡館備課。

　　Laurent先生在咖啡館裡播放一片長笛音樂的CD，悠揚的笛聲洋溢在整個溫暖的咖啡館內，我在平常慣坐的位置上打開Mac電腦，像在沉鬱的心情裡找到一席之地，讓音樂梳理感情中清爽的部分。

　　楊寒先生，你也對希臘羅馬神話有興趣？Laurent先生為我送來一杯拿鐵，好奇地看著國文課本中伏羲和女媧求歡創人

的中國神話，以及旁邊那本關於西方神話的書籍。

　　我只是在準備上課的教材而已，不過西方神話的確蠻有趣的，西方的神祇較有人的性格。我抬頭對這位法國音樂家說道。

　　希臘羅馬文明和神話都相當吸引人呢！像拿破崙也相當傾心於那個地方的文明……。

　　是嗎？說實在的，讀中文系的我對歐洲文明並不特別熟悉，那個地方對我有種疏離感，那不僅是距離的差異，而是一種文化夢生的隔閡。

　　我和那個台灣女孩……她也曾經有一個時期很迷戀希臘呢！在巴黎有一座瑪德蓮娜教堂，我們約好如果在巴黎結婚，就要在那教堂的「聖母瑪利亞婚禮像」前結婚，證明我們的愛情。

　　瑪德蓮娜教堂跟希臘羅馬文明有什麼關係？

　　哎，傾心希臘羅馬文明的拿破崙在巴黎建造了瑪德蓮娜教堂，而我在巴黎為我傾心的她用嘆息演奏法蘭西斯・普朗克長笛奏鳴曲那悲傷的第二樂章。只有教堂內的「聖母瑪利亞婚禮像」彷彿嘲諷我們未竟的婚禮。

Laurent先生的眼睛深邃地望向咖啡館外的風景，彷彿這樣就可以看到那個被虛構出來的幸福未來，在瑪德蓮娜教堂與那個台灣女孩結婚的未來……

　　傾心希臘羅馬文明的拿破崙在巴黎建造了瑪德蓮娜教堂，而我在巴黎為我傾心的她用嘆息演奏法蘭西斯・普朗克長笛奏鳴曲那悲傷的第二樂章。只有教堂內的「聖母瑪利亞婚禮像」彷彿嘲諷我們未竟的婚禮。

——來自巴黎的音樂家 Laurent

26. 古典的愛情

　　我兩三週會和學弟聚會一次，討論上課的報告或者關於現代詩學的問題，這一天我帶著學弟去這家我常來的單叟咖啡館，這個咖啡館彷彿是歐洲古典音樂的殖民地，走進這家咖啡館，彷彿穿梭於迂迴曲折的古典樂，或那音樂博士已經空曠平野許久的愛情，讓人感覺到世事有恆又無常，讓我們坐在咖啡館中就彷彿徘徊於心靈的曠野與森林。

　　我和學弟士民坐在咖啡館裡，討論中國古典小說中的《霍小玉傳》，從敘事的結構討論到女性主義以及小說中社會現象學的意涵。士民跟我在《霍小玉傳》的文本中逐漸添加了我們的看法和詮釋，感情是人間哀傷的結構，延續心事波瀾的內容，直到老死，這都是不變的難題。

學弟說，愛情是負擔，是重複節奏的心跳，也是一種與女子結盟的渴望，用來抵禦衰老或死亡。

我說，文學是一種刻意誘發悲傷的可能，情感也是，從古典到現代，可能都依然如此。

突然士民學弟就笑了，他說，學長我們一定要如此在這樣的下午，討論古典文學中的愛情嗎？我得先去幫我們指導教授寄信，然後到圖書館借書。

我看著學弟離開單叟咖啡館，然後闔上古典小說的課本，任憑午後的陽光斜灑掠過書本封面，此刻咖啡館只有我一個客人，Laurent先生稍微把CD音響調大聲了些。我仔細側耳傾聽，是華格納的《女武神》。

剛好第三幕一開始的銅管樂器威揚地演奏出女武神們的降臨，強而有力的樂聲象徵女武神們的輝煌威武，女武神布琳希德即將告訴齊格琳德關於她肚子裡有愛的結晶，女武神告知齊格琳德將要將這個孩子取名為「齊格菲」，如此悠揚的樂章中又透露出那種命中注定無法被允許的愛情，充分表現了華格納

音樂的抒情與感性。

　　我感嘆地聽完這一幕，Laurent先生對我說，你也喜歡聽歌劇嗎？

　　我說，歌劇和詩經的古典都是我所樂意聽見遙遠的夢囈，讓我們對遙遠如神話的愛憎產生黏聯的感應。

　　楊寒先生，你說得沒錯，我們可以透過歌劇和遙遠的故事、劇作家聯繫起想像與愛憎，在巴黎的時候……我常和她去歌劇院呢！在歌劇院附近也有教堂，你知道嗎？歌劇院附近的瑪德蓮娜教堂，是一座具新古典主義風格的教堂，我和她曾經和學校樂團在此演奏，我和她用優雅的演奏服優雅著李斯特第三號交響詩〈前奏曲〉，也用古典的樂器古典我們樂譜中的愛情。

歌劇院附近的瑪德蓮娜教堂，是一座具新古典主義風格的教堂，我和她曾經和學校樂團在此演奏，我和她用優雅的演奏服優雅著李斯特第三號交響詩〈前奏曲〉，也用古典的樂器古典我們樂譜中的愛情。

——來自巴黎的音樂家Laurent

27. 鐘聲

　　下午我走過校園的寂寥，悠閒地在松樹下看松鼠向人乞食。

　　松鼠是優雅而華美的小獸，彷彿漫步在地心引力邊緣那樣地讓身體保持平衡，雙眼炯炯，明亮如夜星，而且精神抖擻的皮毛彷彿告訴別人，牠們雖小仍然努力生活著呢！

　　我在松樹下與松鼠邂逅。

　　然後下課鐘聲響了，我知道會有大批剛上課的學生如逃難般逃離校園裡的建築物，然後在接下來的十分鐘內，人群如潮水淹沒校園的寧靜，直到十分鐘後的鐘聲再度響起，校園才會逐漸地恢復安詳的氛圍。

　　我拎著剛從圖書館借的書，急忙離開這喧囂的校園，走出學校側門，碰巧十分鐘後的上課鐘聲響起。

在注定遲到且匆忙急著穿越校門前往教室的學生人群中，我在MOS漢堡店旁邊看見那金髮的Laurent先生，提著小提琴盒站在那兒似乎在等人或者發呆。

　　Laurent先生，你在做什麼？我發現Laurent先生似乎剛出了遠門，穿著褐色毛線外套，深灰色襯衫，黑色西裝褲和咖啡色皮鞋，彷彿剛從高鐵烏日站或清泉崗機場帶著一身疲倦歸來，雖然神色疲倦卻又無損於這音樂演奏博士那與生俱來的優雅。

　　噓。Laurent先生將食指放在唇間，示意我安靜。

　　我楞了一下，就站在Laurent先生旁邊，沒有打擾他，就像我們是彼此專注各自生活的路人，如此安靜對彼此的過往與現在都毫無干涉。

　　直到逢甲校園的鐘聲停止，校園重新恢復寧靜，Laurent先生才對我說，我剛在聆聽貴校的鐘聲。

　　鐘聲？學校鐘聲有什麼好聽的？莫非和其他所有學校一樣的鐘聲，也可能隱藏了貝多芬的節奏或帕格尼尼的心事密碼？

　　Laurent先生不理會我的詢問，逕自打開琴盒，拿出了琴

盒裡的小提琴，不是單叟咖啡館的那一把，而是琴面板略帶金黃色看起來較新的小提琴，Laurent先生說這是他在家裡慣用的練習琴，今天帶去台北找樂器公司修理。

他把黑色的琴盒交給我，然後小提琴抵住肩膀，引弓拉出了悠揚的聲音。

我像幫一歐洲鐵甲騎士保管盾牌的小童，如此安靜地站在Laurent先生身邊聽他的演奏，一時間，我無法辨認出這是什麼曲子，但從Laurent先生豐富多變的指法和弓法，演奏中不斷出現連頓弓、和聲和撥弦，以及「那彷彿帕格尼尼小提琴協奏曲的女孩情懷」，我想應該是義大利小提琴家帕格尼尼的曲子。

Laurent先生的演奏吸引了十幾個學生和文華路上的路人駐足聆聽，當他演奏完畢，聽眾們的掌聲彷彿是約定好的演出，如此群起為這位法國的演奏家鼓掌。Laurent先生如凱旋歸來的騎士優雅地躬身回禮。待人群散去，Laurent先生才對我說，楊寒先生，剛走在這兒聽見貴校的鐘聲響起，讓我響起了巴黎教堂的鐘聲……在巴黎的聖日爾曼洛塞華教堂有高聳雄

偉的羅馬式鐘樓建築，有一年秋天我穿著黑色的短大衣經過那教堂前面已經枯葉落盡的林間，聽見教堂鐘聲敲響天空的寧靜。那時候，我真想立刻回到音樂學院，拿起我的樂器為她演奏帕格尼尼的〈G大調我心徬徨變奏曲〉。你問為什麼？我想我也不知道，也許教堂鐘聲感動了我，而我也想用琴聲感動她。

　　Laurent先生，有一天，我真希望你的那個她能夠再度聽見你為她演奏的這首曲子，我是真的如此由衷希望的。

　　在巴黎的聖日爾曼洛塞華教堂有高聳雄偉的羅馬式鐘樓建築，有一年秋天我穿著黑色的短大衣經過那教堂前面已經枯葉落盡的林間，聽見教堂鐘聲敲響天空的寧靜，那時候，我真想立刻回到音樂學院，拿起我的樂器為她演奏帕格尼尼的〈G大調我心徬徨變奏曲〉。你問為什麼？我想我也不知道，也許教堂鐘聲感動了我，而我也想用琴聲感動她。

　　　　　　　　　　　　　——來自巴黎的音樂家 Laurent

28. 香水

　　我給修我大一國文的學生們一份期中作業，就是請學生欣賞任何一齣由文學作品改編的電影，並且製作成PPT，上課時跟大家報告分享心得。由於這週正值期中考週，學校圖書館都被用功耕耘於書本的學生們佔據了，我想到Laurent先生的咖啡館內也有免費無線網路，於是帶著我的MacBook到咖啡館下載學生的作業。

　　今天一如往常，單叟咖啡館內沒有其他客人，Laurent先生為我送來香草鮮奶油咖啡，一方面又以好友的身分告訴我，他們法國人通常都不喝花式咖啡，只會用法式濾壓壺沖泡中高度烘焙過的咖啡豆，那樣才能正確品嚐咖啡中的甘苦。

　　Laurent先生您說得沒錯，不過我是不懂咖啡的台灣人，

比起法式咖啡我可能更欣賞美國的可樂文化，但是您的店裡沒有可樂，而且在咖啡館裡點可樂好像是很笨的奢侈行為。我坐在慣坐的位置上打開學校信箱，下載學生的PPT作業。

有學生報告《第一次親密的接觸》，也有學生報告有線電視台不斷重播的《倚天屠龍記》，另外還有《那些年，我們一起追的女孩》，甚至也有《福爾摩斯》和《哈利波特》……好吧！《福爾摩斯》和《哈利波特》的確也是小說，是文學作品。

Laurent先生為我送來泡著檸檬片的杯水，然後頗有興趣地看我整理學生的作業。

你們學音樂的也會使用到PPT當作業嗎？

不會，在我讀大學時，連Windows XP都沒有，那時在法國很少人用電腦，我們是極力地抗拒電腦文化侵略我們長久以來的優雅……不過這份作業蠻有趣的。Laurent先生彎腰指著一份討論《香水》電影的報告。這是一部改編自德國小說的電影。

香水嗎？主角在情節中不斷追求最完美的氣味，彷彿我們也在生命中競逐著什麼。

但我們很難知道，我們所追求的東西是不是我們真正想要的。當Laurent先生說這句話的瞬間，我發現他將視線投射到咖啡館玻璃櫃內的小提琴，但隨即又回到我的Mac螢幕。

　　至少，如果能像《香水》中的主角有個值得一生追求的真理，可能也很幸福……。關於幸福，該怎麼定義呢？我們可以有喝一杯咖啡的幸福，聽完華格納的幸福，讀一首詩的幸福，但是整整一生太漫長了，我們怎麼能定義一生的幸福？

　　香水啊！楊寒先生，你知道嗎？巴黎有一座香水博物館，就在歌劇院附近，那年在巴黎，我和她也曾到歌劇院附近的福拉哥納爾香水博物館，我們走進那幢有著拿破崙三世風格的建築，她面對眾多香水是那麼有興趣而眼睛發亮，但在眾多芬芳的味道中，我只注意到她的髮香。

　　你是說，你也認同《香水》電影中的說法，最美好的氣味是來自人體？

　　不，我是說，最美好的氣味是來自愛情……

　　Laurent先生說這話的表情如此莊嚴慎重，讓他威儀俊美彷彿羅丹雕塑下的藝術品。

那年在巴黎，我和她也曾到歌劇院附近的福拉哥納爾香水博物館，我們走進那幢有著拿破崙三世風格的建築，她面對眾多香水是那麼有興趣而眼睛發亮，但在眾多芬芳的味道中，我只注意到她的髮香。

——來自巴黎的音樂家Laurent

29. 地獄的入口

今天來到單叟咖啡館，咖啡館內依舊除了Laurent先生外空無一人，Laurent先生坐在吧台前面的位置，模樣看似頗無聊地翻閱一本很舊的書。

他看我走進來，由於是常客了，也不站起來招呼我，只是坐著跟我打了聲招呼。

今天也是沒人？Laurent先生，你應該把你的咖啡館開在比較熱鬧的地方才對呢！不然老是沒有客人。

楊寒先生，在鬧區的咖啡館是無法帶來心靈所需要的寧靜的。她也不會喜歡在大馬路旁的咖啡館，我知道她會尋找像這種小巷弄中的咖啡館來編曲或思考樂理的。Laurent先生神色凝重地對我認真說道。

好吧！好吧！今天請給我一杯檸檬白蘭地咖啡。我隨口點了一杯，看著 Laurent 先生從吧台前椅子站起來後拋在吧台上的舊書。

是一本英文書，書名是《The three musketeers》，十九世紀法國作家大仲馬所寫的小說，讓我驚訝的是書背上有逢甲圖書館的索書號貼條。

這是逢甲的書？我揚揚手上這本舊書，詢問Laurent先生。

是客人留下來的，好像是一個你們學校外文系的女孩不小心遺留在位置上，如果可以請幫我歸還。Laurent先生把咖啡豆放進手搖磨豆機中，一邊對我說道。

《三劍客》啊！這是我小時候很喜歡的故事呢！也曾經有卡通在電視上播，我想到鐵面人被關進巴士底監獄，三劍客為了國家潛入巴士底監獄……巴士底監獄現在還在嗎？我無法不感慨時間的流逝，我好羨慕小說人物可以如此活著，讓他們的英雄名聲和文字一起流傳，但我卻會長大、變老。

楊寒先生，你說的「鐵面人」的故事是在《三劍客》的第三部小說……中文可能翻譯成《小俠隱記》或《布拉熱洛納子

爵》哦！巴士底監獄已經拆掉了，那兒現在是一大片廣場，還有巴士底歌劇院，巴士底歌劇院是法國政府紀念法國大革命兩百週年而建造的，我跟她在戀愛的第兩百天來到這座歌劇院看《奧菲歐與尤莉蒂采》。現在，我是多麼願意如奧菲歐般赴湯蹈火地踏入地獄，只願找回我已經失去多年的她，但我只能悲傷地承認我找不到地獄的入口。

是嗎？《奧菲歐與尤莉蒂采》……你們去看那一齣為了愛情而前往地獄向冥王求情的戲劇。

是的，楊寒先生，當飾演奧菲歐的男高音帶著強烈悲傷唱出「Eurydice」就讓我和她都願意因為感動而心碎，那是讓天使也感動的聲音呢！Laurent先生流露出既溫柔又悲傷的表情。

我們好像就在當下前往未來的人世，而我們過去的美好卻彷彿還在陰暗的地獄，如果我們一回頭，一切都像奧菲歐的高亢悲聲，會讓我們心碎不已的呢！楊寒先生。

Laurent先生，這次，關於我的咖啡，請多放些白蘭地和檸檬片啊！

巴士底歌劇院是法國政府紀念法國大革命兩百週年而建造的，我跟她在戀愛的第兩百天來到這座歌劇院看《奧菲歐與尤莉蒂采》。現在，我是多麼願意如奧菲歐般赴湯蹈火地踏入地獄，只願找回我已經失去多年的她，但我只能悲傷地承認我找不到地獄的入口。

——來自巴黎的音樂家 Laurent

30. 可以馳騁的青春

　　這次我來到單叟咖啡館，有三個年輕女孩坐在那小提琴玻璃櫃前面的位置，像春天鳥雀般雀躍吵雜地討論那小提琴高雅的光澤，那小提琴的確漂亮，在燈光幽暗的周圍亮起彷彿陽光般的燦爛，卻又多了百年深沉的溫厚典雅。其中一名綁著馬尾、穿粉紅色外套的女孩，跑到Laurent先生剛買的三角鋼琴前的琴椅坐下，掀起厚重琴蓋，不一會兒我就聽見從她指尖傳來的流暢琴聲，其他兩個女孩嘻笑羨慕地在一旁聆聽。

　　Laurent先生走向我，對我說道，楊寒先生，抱歉，今天有點吵。

您別這麼說，我蠻喜歡鋼琴的聲音的，空氣被琴弦震動，彷彿靈魂或心裡的某一根弦也跟著顫動不已，音樂是如此婉轉地演繹天地和我們人類的感情呢！

她們也算是熟客了！之前就是那個彈琴的女孩把《三劍客》這本書留在咖啡館的，她說她很喜歡音樂，可是媽媽希望他讀外文系，她的鋼琴演奏技巧很好……

這好像是李斯特的曲子？是嗎？

音樂博士Laurent先生點點頭，李斯特的曲子在轉調和音色變化上相當靈活，她現在在彈的曲子是〈愛之夢〉，降A大調的曲子，優雅的快板，彷彿驅使人極盡所能去享受愛情，就像我們的青春一樣，因為青春、因為愛而燦爛，在時間中馳騁。

我頗有相同的感慨，通常會覺得心也跟著身體變成熟、變老，因此我總是穿著深色或黑色的衣服，內斂的顏色彷彿連青春都內斂起來了！

Laurent先生，我彈得怎麼樣啊？您指導一下嘛！那個坐在琴椅上的馬尾女孩似乎結束了李斯特這首曲子，朝著Laurent先生微笑近似撒嬌。

金髮的法國小提琴演奏家對這女孩回應說道，彈得不錯呢！聲音相當快活雀躍，就像你們的青春，讓人十分放鬆，可以感覺到無比愉快的情感……換我來拉小提琴請你們鑑賞。

這位演奏家咖啡館老闆轉頭對我說道，楊寒先生，我要拉泰雷曼的〈無伴奏小提琴幻想曲〉……如果青春是可以馳騁的，那我和她一定曾騎馬馳騁在文森城堡外的針葉林，流暢的風就像泰雷曼的〈十二首無伴奏小提琴幻想曲〉，每一個音符都像晨珠靜靜駐留針葉閃爍光芒的明珠，每一個短暫的休止符都參與了我們無聲的微笑，我們是縱馬走過那兒的，是讓青春馳騁那兒的。

哎，Laurent先生！
我們的青春都是曾經縱馬馳騁的風。

如果青春是可以馳騁的，那我和她一定曾騎馬馳騁在文森城堡外的針葉林，流暢的風就像泰雷曼的〈十二首無伴奏小提琴幻想曲〉，每一個音符都像晨珠靜靜駐留針葉閃爍光芒的明珠，每一個短暫的休止符都參與了我們無聲的微笑，我們是縱馬走過那兒的，是讓青春馳騁那兒的。

——來自巴黎的音樂家 Laurent

31. 美麗的神韻

　　週五下午，西屯這邊下起雨來，秋雨彷彿帶著毛邊，這樣瀝瀝地沾黏在衣服上，我正在從學校回到宿舍套房的路上，急忙想找個地方避雨，於是就衝進小巷中這家單叟咖啡館。

　　咖啡館的主人Laurent先生正坐在他那小提琴櫃旁的位置，全副精神都注意著他面前的MacBook電腦，我快步推開玻璃門衝進去，他才發現有人進來了，抬頭看原來是淋著一身濕答答的我，失聲道，原來是楊寒先生，外面下雨了哪？

　　是啊！這雨來得很突然，給我一杯熱咖啡，不加糖和奶精。嗯哼，偶爾我也會喝黑咖啡的，彷彿我相當懂得品味咖啡的原始酸苦味道。

　　好！請等一下，我儲存一下檔案。

你在忙什麼呢？很少看你在咖啡館內使用電腦。我抽取了一張面紙，擦了擦臉上的雨水，探頭看Laurent先生的筆記電腦。

ISO的視窗顯示Laurent先生正使用一套名為「Pro Tools」的軟體，似乎是音樂處理的系統。

這套「Pro Tools」是Mac的數位化音樂製作系統，可以有32個音軌來處理錄製、編輯、混音和母帶燒錄的工作，我正在修整樂器波形的部分。Laurent先生對我解釋這套軟體的用法，我看見視窗密密麻麻的小方塊和曲線，看起來是非常繁複的樂曲。

感覺很難的樣子，這是什麼音樂呢？

這是一齣法國電影的配樂，我正在幫朋友處理他們公司的編曲部分。Laurent先生指著其中的線圖對我說道，你看！這裡是小喇叭的聲音，3.5秒後豎笛和小提琴進來了，但這邊小提琴的聲音不夠響亮所以波形要拉高一點，讓聲音顯得圓滑，然後這兩個小節曾複製拉到後面來，但後面的部分這邊音軌有中斷的現象，我只能用淡入、淡出來加以修飾……。

真羨慕Laurent先生懂音樂，不但能演奏出美妙的樂曲，也能夠透過電腦把音樂修飾得更加美好。我由衷地表達我的羨慕之意。

　　哎！楊寒先生你知道嗎？比起當一個音樂家，我更願意成為一個畫家……有一天在羅浮宮看見美術系的學生在她的畫架前面聚精會神地學習莫內的筆觸，我突然後悔我只是一個小提琴家，只能用弓拉出美妙的音符而無法用畫筆捕捉她美麗的神韻。

　　Laurent先生，看你這麼愛她，我真的完全相信，可能只有如莫內之類的大畫家，才能捕捉她那超乎我想像的美麗神韻。

> 有一天在羅浮宮看見美術系的學生在她的畫架前面聚精會神地學習莫內的筆觸，我突然後悔我只是一個小提琴家，只能用弓拉出美妙的音符而無法用畫筆捕捉她美麗的神韻。
>
> ——來自巴黎的音樂家 Laurent

32. 巴黎的憂鬱

　　因為寫一篇小說論文要用到巴赫金的「複調」理論，因此在圖書館找了一些相關書籍，書隱藏在圖書館深處的書架上，就像春天隱藏在冬季寒冷的深處，不知道為什麼，在逢甲圖書館中，《巴赫金全集》和國外的小說、詩集放在一起，我抱著厚重的《巴赫金全集》，走在書庫的書架間，然後也許是一種莫名的原因，讓我注意到波特萊爾的《巴黎的憂鬱》就夾在其他書本之間，用它的書名召喚我。

　　我們都被局限在生活的憂鬱裡，唯有閱讀是突破生活憂鬱的魔法儀式，在文字間擬構出上帝的天堂，因此我們閱讀，我伸出手指頭輕輕將這本散文詩集從擁擠如菜市場的書架上拿下來。

記得大學時，我房間的書架上確實有這樣一本書的，不過被「文學批評史」、「思想史」或「現代詩學」之類的書籍積壓下，幾乎已經遺忘我把我的《巴黎的憂鬱》丟到哪一個狹小陰暗的記憶角落裡去，我隨手翻開這本散文詩集：

　　夜幕低落了。因白天的辛勞，那些倦怠可憐的人們心裏有了大寧靜。他們的思維現在帶著黃昏柔和而模糊的色澤。

　　然而，一種喧囂聲穿過夕暮透明的雲彩，自山頂上來到我的陽台上……

　　在上上個世紀，波特萊爾在巴黎是否也有同樣的夕陽呢？假如我們在巴黎旅行，在詩的語言旅行，我們可能會撞擊到同樣的暮色黃昏，和一百多年前一樣，我們有熱情的淚，顫動的筆，說話談及宇宙的創造、季節與愛的生滅循環。

　　任憑時間在我們生命流動如同風穿梭於梧桐沉默的樹枝間。

　　我把《巴赫金全集》和《巴黎的憂鬱》放進褐色的書袋裡，帶出圖書館。

步行了十五分鐘離開學校，來到單叟咖啡館，推開這來自巴黎的音樂家所經營的小店。啊，我們也可能在音樂裡旅行，像從一段褪色的愛情旅行到另外一段愛情，我們聽過了一首又一首的曲子。有時，我們傾聽廣播裡傳來的流行歌，有時聆聽風聲、車聲、陌生人的腳步聲，或者我們心事製造出來的撞擊聲音。

　　但我們總是在音樂裡旅行的。

　　Laurent先生，我可以點一杯十九世紀的法式咖啡嗎？像波特萊爾那時喝過的一樣。

　　金髮的音樂家表情有些愕然，目瞪口呆地望著我，然後他笑說，楊寒先生，你可能來得太遲，不過也可能來得太巧，我剛去外面買了兩杯長島冰茶，猜想有人會來，你願意喝一杯二十一世紀初的長島冰茶嗎？和法國的Laurent Labeyrie正準備喝的一樣……

　　那樣也好，有時我們只是需要液體來滋潤我們的靈魂，不一定是亟需咖啡的。

我坐在吧台前面，面對著Laurent先生把書袋裡的《巴黎的憂鬱》拿出來，因為是圖書館裡的書，因此已經相當破舊發黃，破舊發黃如每一個世紀末疲倦的黃昏。

啊？是《巴黎的憂鬱》，難怪楊寒先生你剛提到波特萊爾。Laurent先生驚喜地望著書本的封面，然後給我一杯用透明塑膠杯裝的700cc長島冰茶。

我自己插上吸管，小啜了一口無糖的冰涼飲料，喝可樂讓我像小孩子，喝咖啡讓我感覺自己是個文藝青年，喝這樣的冰茶，好像什麼也不是，讓我自省曾經過往的心事。

然後我對Laurent先生說道，是啊！在圖書館裡正好看到這本好久沒有讀的書，想到咖啡館裡來坐坐，也翻翻一下過去的閱讀記憶。

波特萊爾是巴黎人，波特萊爾在巴黎的左岸寫了兩部重要的作品《巴黎的憂鬱》、《惡之華》，而我只在我的左胸口隱藏了我多年愛她的心事。Laurent先生同樣喝著冰茶，彷彿感覺冰涼的飲料連同記憶灌入了胸口，輕撫著自己的左胸，如此悵然地說道。

波特萊爾在巴黎的左岸寫了兩部重要的作品《巴黎的憂鬱》、《惡之華》，而我只在我的左胸口隱藏了我多年愛她的心事。

　　　　　　　　　　　　──來自巴黎的音樂家 Laurent

33. 愛情的變化

　　由於我的指導教授上禮拜告訴我，她不太滿意我的博士論文寫作進度，本來我和小君約好這禮拜日去台北找她，台北的美術館有一個她相當期待的雕塑展覽，我們約好一起去看的，可是經過長長的思考，決定還是放棄台北之行，畢竟指導教授都已經對我安逸在上課、品味生活或品味咖啡的日子不太滿意，我勢必得先寫一些論文交給她審閱才行。

　　在電話中我告訴小君這件事情，她有些不高興。

　　我們已經三個禮拜沒有見面了，我們是如此想念對方，以為自己精神幾近崩潰邊緣，彷彿每一次呼吸心跳都是一次掙扎，我們在風的擁抱裡是多麼虛無，可是我竟得又錯過一次約會、錯過時間、錯過眼神與眼神彼此交會的期待。小君說，我

是這麼想念你，然而我只想看到你，讓我確定你並不是只有在我的想念裡存在，我是可以和你共享一個時空，共享一次美的存在。

但我總是要寫論文的，與我們慌張而過的時間不同，我必須在紛擾的光陰中，努力籌備一些文字去面對文本的真理，一些文學的現象，然後逐漸完成我的博士論文，請給我一些時間，讓我能在努力進行我們愛情的同時，也能建構我的博士論文。我如此惆悵地對小君說道。

但是有時候，在愛情中我們曾熱戀也曾冷漠，對於意見相左的情況無法磨合，愛情有時像一塊矇住眼睛的白紗，如此讓我們徬徨不安而看不清楚對方，把我們投入一種令人窒息的混亂氛圍裡，讓我們孤獨。

我和小君吵架了。

我走出房間，走出狹小的陰暗困境，連手機也不願意攜帶，這樣漫無目的地在逢甲校園外面亂逛，不久又來到巷弄中

的單叟咖啡館，那樣一個讓心靈能夠清醒呼吸咖啡香味的地方。

Laurent先生看到我推開咖啡館的門，腳步沉重地走進來，疑惑地說道，楊寒先生，你今天似乎心情不好？

被你看出來了嗎？我和我的女朋友小君吵架了。這個週日我想留在台中寫論文，但她希望我能夠花一天的時間去回台北，陪她看她期待很久的雕塑展。

為什麼你不能讓自己放一天的假到台北去陪她呢？Laurent 先生歪著頭，表情透露更多疑惑。

我的指導教授上週明顯對我的論文進度相當不滿，我必須盡快交一個章節給她才行。我嘆口氣，擺擺手。

現實總是考驗我們的愛情，我和她也是一樣，我們好幾次在我的演奏會前吵架，關於舞台的燈光、服裝和走位以及選曲，她都有她的意見，而我對她的服裝、編曲也常覺得不夠理想，我們是如此用爭執的語言折磨彼此的愛情，但如此爭執卻又象徵著我們竟是如此在意志裡凌駕對方的堅持，那種對感情希冀的獨裁，突破了時間和距離，佔領我們的愛憎與憂愁。

但這種對感情的執著，亦可能產生感情的裂痕呢！我無法

停止我惆悵的嘆息，就像秋天的薰風掃過我的鼻下。

感情是如此多變而讓我們困惑，並且因而經歷坎坷，小君小姐她喜歡雕塑嗎？在巴黎有一座查德金美術館，在蒙帕納斯的查德金美術館是俄國立體派雕刻家查德金生前故居，他的作品有時繁複似巴洛克風格有時卻極簡如呼吸的自然，我和她曾在那美麗的庭園徘徊這些查德金大師的作品，想像我們的愛情同樣有時繁複如星空，有時也極簡平淡地像輕輕牽起對方的手……相信你們的爭執會平息的，愛情總是如此多變且善變的呢！

希望的確如此。今天，Laurent先生，我想要一杯摻著白蘭地的咖啡……

在蒙帕納斯的查德金美術館是俄國立體派雕刻家查德金生前故居，他的作品有時繁複似巴洛克風格有時卻極簡如呼吸的自然，我和她曾在那美麗的庭園徘徊這些查德金大師的作品，想像我們的愛情同樣有時繁複如星空，有時也極簡平淡地像輕輕牽起對方的手。

——來自巴黎的音樂家 Laurent

34. 旋轉木梯

　　坐在單叟咖啡館寫一篇論文。

　　我想在學校的研討會上發表一篇名為〈王維詩畫藝術的空間美感〉的論文，但眼看截稿期限快到了，我只有寫好大綱。這篇論文的寫作過程真是坎坷波折，首先是指導教授不滿我的博論寫作進度，接著是和女友小君吵架，論文寫作的延誤就像誤點的火車一樣令人不悅。

　　我點了一杯咖啡館內最昂貴的咖啡，決定為了不辜負這杯咖啡的價格，我要像整頓交通的交通警察那樣梳理我腦中的思緒，好好將論文理出一個頭緒來，然後像累積煩惱那樣，把論文一個字一個字地累積出來。

　　你好像很忙碌地在寫作，在寫小說嗎？Laurent先生站在

我身後，望了一眼我的13吋Mac。

不是，在累積憂鬱的論文，我想討論有關唐代詩人王維的詩。

王維？他是怎樣的詩人？Laurent先生揚起他金色如夕陽的眉毛，好奇地如一隻松鼠般詢問。

王維他啊！是一個集詩、畫、音樂等藝術於一身的詩人，我就是想從他的文章〈學畫秘訣〉、〈石刻二則〉來討論王維的詩，因為他有的詩就像畫一樣，所以宋朝另一個詩人蘇東坡說他「詩中有畫，畫中有詩」。雖然我也曾教過僑生大一國文，但如此認真地跟金髮碧眼的外國人介紹中國文化，還是第一次呢！

詩中有畫嗎？楊寒先生，你認不認識象徵主義畫家摩洛？Laurent先生右手撫摸著下巴的短鬚，彷彿摩娑著夕陽的金黃，然後他提出了「摩洛」這樣一個畫家名字。

我不認識。我搖搖頭，很遺憾世界上的美好太多了，而我卻無法在險峻的時間懸崖邊緣捕捉所有令人屏息的美好邂逅。

Laurent先生點點頭，然後他說道，有人說象徵主義畫家

摩洛的作品有深厚的文學性，他的畫像詩一樣。那座摩洛美術館的牆壁掛滿了摩洛的詩，在這些似詩實畫的作品中，有一座木質圓形迴旋梯通往四樓的展覽室。那時，她拉著我的手踩著她白色長靴輕快地往樓上走，聲音美得讓我突然想起了巴哈那曲〈E大調小提琴協奏曲〉，那是讓我們心底無比感動的華麗迴旋。

Laurent先生，我真的好佩服你！不論什麼話題，都可以讓你聯想到巴黎還有那個你鍾愛的台灣女孩呢！

> 有人說象徵主義畫家摩洛的作品有深厚的文學性，他的畫像詩一樣。那座摩洛美術館的牆壁掛滿了摩洛的詩，在這些似詩實畫的作品中，有一座木質圓形迴旋梯通往四樓的展覽室。那時，她拉著我的手踩著她白色長靴輕快地往樓上走，聲音美得讓我突然想起了巴哈那曲〈E大調小提琴協奏曲〉，那是讓我們心底無比感動的華麗迴旋。
>
> ——來自巴黎的音樂家Laurent

35. 香草天空

春天快過了。

換句話說，鮮紅草莓的季節也要跟著時間而枯萎。

我想起蘇軾〈寒食帖〉中所提及的：年年欲惜春，春去不容惜。

每一年的春天都像我們不斷老去的青春一樣死去，我們可以用詩、用照片假裝將青春留下，也可以……用吃的！

在單雙咖啡館中，我從外面冰舖帶來一碗草莓香草鮮奶油冰，一整碗切半的草莓鮮紅欲滴，香草口味的冰淇淋和鮮奶油點綴其間，使草莓的紅更紅，像日曆上星期假日的紅那樣令人喜悅。

輕輕咬著草莓的紅嫩，彷彿舌間味蕾品味著春天最細微的部分，香草冰淇淋和鮮奶油是最柔軟的山嵐，吹過山谷間的草莓園，閉上眼睛，彷彿整個春季天空的顏色都炫麗了眼前。

　　我們錯過的每一個春天都可能會回來。

　　如果我們品嚐著這樣甜蜜的冰品，或者回味那些彷彿草莓切片的回憶……

　　楊寒先生，你的法式黑咖啡。Laurent先生為我端來了我點的熱咖啡，吃這樣屬於春天甜味的冰品搭配酸苦無糖的熱咖啡，可以說是巨大尖銳的反差，一種反諷，或對味覺的隱喻，將自己綑綁在春季與夏季間的徘徊，但這樣的搭配可能不錯，彷彿是在冬季的暴風雪中感受到火爐的溫暖。

　　哎，楊寒先生，你又在我的店裡吃外食了！草莓嗎？那應該是冰店的季節限定商品吧？春天的草莓季就快要過了！Laurent先生輕輕嘆了口氣，不知他究竟在感嘆春天，還是埋怨我在他的咖啡館裡吃冰。

是啊！春天彷彿是潔淨了皮膚的風，就這樣如花瓣淋過溫暖的泉水，夾帶清淡的香味流過我們身軀，也幾近沖刷了我們無法珍惜的記憶，青春的美好就像草莓一樣，難以長保新鮮。我假設Laurent先生是在感嘆春天，他自己也會在咖啡館裡面吃外面的雞腿飯便當啊！雖然他是老闆啦……

　　嗯，楊寒先生，想到春天就要過了，夏季即將降臨，我就想起巴黎的春天百貨公司，你知道巴黎春天百貨公司嗎？夏天傍晚的時候，我曾和她在百貨公司的頂樓點杯香檳眺望遠方歌劇院一帶的建築物，整個穹宇為我們在巴黎的歌劇拉上了香草顏色的布幕，我知道當時我們正在歌劇的舞台上演出如夢似幻的愛情，但我從不知道她會那麼快為我們的愛情謝幕。

　　由傷春悲秋轉換到對愛情的感傷，哎，Laurent先生你不但是音樂家，而且是一個詩人哪！

你知道巴黎春天百貨公司嗎？夏天傍晚的時候，我曾和她在百貨公司的頂樓點杯香檳眺望遠方歌劇院一帶的建築物，整個穹宇為我們在巴黎的歌劇拉上了香草顏色的布幕，我知道當時我們正在歌劇的舞台上演出如夢似幻的愛情，但我從不知道她會那麼快為我們的愛情謝幕。

——來自巴黎的音樂家Laurent

36. 貝西村的葡萄酒

　　小君到彰化大村鄉那個號稱葡萄的故鄉去採訪，政府開放人民可以開酒莊後，在大村鄉附近也有葡萄園主人轉型為觀光酒莊，收購金香、巨峰、蜜紅等葡萄來釀酒，讓葡萄經過時間的醞釀，把夏季曾經的燦爛都轉化成甘甜又似夜晚浪漫的好味道。

　　我覺得釀酒的過程非常神奇，彷彿讓讓葡萄像孩子們般睡眠，然後經歷漫長彷彿讓記憶都接近腐朽的等待，最後葡萄酒釀被過濾了殘渣般的心事，只讓最乾淨的幸福住進玻璃瓶，當我們搖晃酒瓶或裝酒的高腳杯時，也好像搖晃了葡萄細微夢饜的幸福。

小君回台北時，提著兩瓶酒莊老闆送的葡萄酒，繞道台中來找我。小君完全不喝酒，而我也不太喝葡萄酒，於是我想到Laurent那個法國人。身為一個法國人，Laurent應該很會喝酒吧？如果有一個比喻可以形容法國人愛好葡萄酒的程度，大概可以說葡萄酒是法國人血液的一部分，這當然可能是我的成見，但我決定把其中一瓶葡萄酒送給他。

　　於是，找了一天下午，我將葡萄酒放進我那慣用的褐色書袋，前往單叟咖啡館。

　　在冷清的咖啡館中，我直接把那瓶台灣生產的葡萄酒放在吧台上。對咖啡館主人說道，Laurent先生，這是我女朋友從彰化帶回來的葡萄酒，是台灣這邊釀的，我不懂葡萄酒，不知道好壞，但希望你能品嚐看看。

　　啊！葡萄酒，楊寒先生，你可知道每一口葡萄酒都可能讓我們當下的人生帶來不同體驗，我們經驗葡萄酒的過程時，葡萄酒也正在體驗我們。葡萄酒是那麼脆弱、容易受傷的飲料，就像我們的心事一樣，在差異過大的溫度、濕度以及震動中，都可能讓我們的幸福變質，而葡萄酒的精細度也像愛情一樣，

可以用嗅覺、觸覺、味覺、聽覺來品嚐那些纖細的美好，台灣的葡萄酒……這會讓我想到她的美好。Laurent先生拿起這隻葡萄酒瓶，仔細地透過瓶身觀察酒液的顏色和濃稠度，然後注意到商標和產地。

Laurent先生，你能喜歡就好了！看見這音樂家詩人的感嘆表情，我很高興他能喜歡這份禮物。

楊寒先生，謝謝你！你知道嗎？巴黎的貝西村曾是法國葡萄酒的儲存重地。當年……我和她曾到貝西村去購買葡萄酒，貝西村的店面都是從前貯存葡萄酒的酒窖，平整的石板街道上還遺留當年運送葡萄酒的火車鐵軌痕跡，我們曾悠閒地走在那兒，那種悠閒的感覺，好像幾個世紀來的葡萄酒香、幾個世紀的幸福都一直停留在那兒。

我和她曾到貝西村去購買葡萄酒，貝西村的店面都是從前
貯存葡萄酒的酒窖，平整的石板街道上還遺留當年運送葡
萄酒的火車鐵軌痕跡，我們曾悠閒地走在那兒，那種悠閒
的感覺，好像幾個世紀來的葡萄酒香、幾個世紀的幸福都
一直停留在那兒。

——來自巴黎的音樂家 Laurent

37. 鐘聲

　　小君來找我的時候，我還有課，是在逢甲兼課的大一國文。

　　我要小君先到中文系博士生研究室我的位置休息，她有些不好意思進研究室，就在我上課的大樓樓梯間徘徊。

　　她說上課鐘聲響後，她就慢慢踩著階梯往樓上走，彷彿在童年裡長高那樣，只有一個固執的方向往上，不必也不需懂得周旋或妥協，登高、長大，讓自己能看見更遠的風景。

　　聆聽那比愛更虛無的風聲吹過樓梯間的玻璃，然後在安靜的高處樓梯間，維持一個同樣的姿勢，注視、等待、傾聽，把雙手輕放在窗檯，彷彿依靠著如此毅然長高的大樓，直到下一次下課鐘響。

　　小君知道我下課了，露出孩子般喜悅的笑容，像一隻兔子

朝我上課的教室快步前去。

　　你剛都一直在樓梯間的窗邊看風景？我有些不好意思，讓從台北下來的小君如此將自己孤單在高樓邊緣。

　　是啊！上課時的校園就像一座被拋棄於歷史的古城，如此悽悽安靜，如果不是下課鐘聲喚醒了時間，我差點以為整座校園都將消失溶解於某個斷折褪色的歷史故事。

　　幸好有下課鐘聲，也有上課鐘聲，像書頁一樣，讓學校的故事得以一頁一頁地翻過去。

　　鐘聲也讓我可以等到你離開教室。小君甜甜地笑道。

　　我覺得鐘聲好像是愛情的象徵呢！像教堂鐘聲，我真希望什麼時候整座台中城教堂的鐘聲都能夠為我們的幸福響起，在白晝裡敲醒天空所有的星星，讓我們在明亮的正午也發現星星的燦爛。

　　你別鬧啦！我剛在十二樓的樓梯間看見遠遠地方Laurent先生的咖啡館，我們等一下去那邊吃午餐好不好？

　　我點點頭，告訴小君，Laurent先生也要為了葡萄酒的事向她道謝。

一路上，我們聊著關於鐘聲的事。

小君說她們曾經到花蓮一所國中，去採訪帶著學生種花的老師，他們學校的鐘聲很特別。

原來每所學校的鐘聲都可能不一樣，哎！不過迴盪在花東縱谷的鐘聲，想想就覺得應該是優美而浪漫呢！

所有的鐘聲本來就是優美而浪漫啊！

那上課鐘聲呢？

上課鐘聲例外……

那你覺得《鐘樓怪人》故事裡的鐘聲呢？

我不是中文系的，而且只看過迪士尼版本。小君俏皮地耍賴不肯回答我。

那是外國的故事，跟我們中文系無關。我聳聳肩。

那是法國的故事啊！……等等去問Laurent先生對於《鐘樓怪人》中鐘聲的看法。小君把食指放在唇間，仰著頭思考說道。

然後，在單叟咖啡館裡，Laurent先生聽到我們的閒聊對話，他先是深呼吸口氣，然後又想起了那個台灣女孩而感嘆地說道：

　　法國小說家雨果的《鐘樓怪人》就是以巴黎聖母院作為故事背景。我和她曾經踏著夕陽燦爛美好的顏色，走上聖母院的蜿蜒階梯，凝視逐漸變暗的巴黎城市，然後看著地面的燈火逐一點亮，彷彿群星於夜空的閃爍，那些美好也在我的記憶裡刻畫成星圖。但是，現在，我卻把自己化妝成《鐘樓怪人》裡的撞鐘人卡西莫多，每日每日在心中撞擊自己的惆悵，每日每日懷抱著對她的愛跳進回憶的墓地裡……

法國小說家雨果的《鐘樓怪人》就是以巴黎聖母院作為故事背景。我和她曾經踏著夕陽燦爛美好的顏色，走上聖母院的蜿蜒階梯，凝視逐漸變暗的巴黎城市，然後看著地面的燈火逐一點亮，彷彿群星於夜空的閃爍，那些美好也在我的記憶裡刻畫成星圖。但是，現在，我卻把自己化妝成《鐘樓怪人》裡的撞鐘人卡西莫多，每日每日在心中撞擊自己的惆悵，每日每日懷抱著對她的愛跳進回憶的墓地裡……

　　　　　　　　　——來自巴黎的音樂家 Laurent

38. 充滿詩的城市

因為期中考的關係，我有好多大一國文的考卷要改。

如果在狹小的套房裡批閱很多空白或者亂寫答案的考卷，會讓自己很不愉快。因此，我帶著裝考卷的牛皮紙袋到單叟咖啡館，也讓咖啡的酸苦來陪襯改考卷的無聊時光，想像咖啡可能是批閱考卷或改作文的救贖，或者很多國文老師都會如此認同。

我推開單叟咖啡館玻璃門時，Laurent先生正坐在我慣坐的位置翻閱一本破舊發黃的書，他聽見玻璃門上面鈴鐺響起才注意我進來了。

楊寒先生，今天喝點什麼？

甜一點的花式咖啡。

不然幫你特調一杯香草草莓咖啡，加檸檬片好不好？Laurent先生放了書籤在他剛看的書頁，然後隨手將書本放在桌上，到吧台去沖煮我的咖啡。

　　你在看什麼書呢？我探頭看了一下。很好，不是中文，也不是英文書，大概……肯定是法文書了。

　　書名是《Le Spleen de paris》。

　　呃，楊寒先生，是《巴黎的憂鬱》啊！你之前還曾經帶來中文翻譯的版本呢！Laurent先生在吧台後面搖著手搖磨豆機，一邊對我說道。

　　原來如此，請問我可以翻嗎？雖然看不懂，可是偶爾翻翻原文書，彷彿自己也是那些喜愛歐洲、深諳法文或西班牙文的文藝青年。

　　可以，但請小心、因為很舊了。Laurent先生神情慎重地提醒我。

　　我覺得有些奇怪，第一次見到Laurent先生時，他願意讓我隨便玩他那把價值不菲的小提琴，卻對這本書如此看重。

但等到我隨手翻開這本書的其中一頁，就恍然大悟了。

發黃的書頁上，有女性娟秀的筆跡，在鉛印的法文旁邊，書寫著閱讀心得的註腳。

而且那些手書的黑色油墨，我看得懂，是中文。

這是……她的書？我抬起頭，詢問吧台後面那金髮且經常憂鬱的音樂家。

是啊！這是她在巴黎買的第二本書，是那些年她最常讀的詩集。楊寒先生，你知道嗎？巴黎是一座充滿詩的城市。那年秋天，我們在巴黎右岸的貝西公園，共同閱讀波特萊爾的散文詩集《巴黎的憂鬱》……那年秋天我們在天氣轉涼的城市裡也憂鬱了我們難以排遣的愛情，而高掛的藍天和周遭轉黃的枯葉，象徵我們愛情以外是多麼的空虛。

巴黎是一座充滿詩的城市。那年秋天我們在巴黎右岸的貝西公園，共同閱讀波特萊爾的散文詩集《巴黎的憂鬱》……那年秋天我們在天氣轉涼的城市裡也憂鬱了我們難以排遣的愛情，而高掛的藍天和周遭轉黃的枯葉，象徵我們愛情以外是多麼的空虛。

——來自巴黎的音樂家 Laurent

39. 協和廣場

今天是週六假日。

昨天晚上不知什麼原因睡不好，總有這種時刻，躺在燈光與聲音俱寂的房間裡，幽暗地只能發現自己的呼吸與心跳聲，將現實的快樂或想法推離擱置起來，發現生活彷彿是一場夢魘，也感覺不到自己明天起床該用什麼樣的心情面對未來。

我該用什麼樣的心情面對未來呢？

博士班畢業遙遙無期，即使畢業以後，也不知道工作該落在何方……

那些茫然的或已經確定的未來，自由或不自由的注定，說不去追問或不擔憂似乎是不可能的，如果未來太過自由，我們難免茫然，可是已經被注定好的未來，卻又讓我們乏味。

聽著黑暗房間裡沉重的呼吸聲，感覺自己深處在一個擁擠喧嘩而且氣味相當混濁的孤單中，於是我坐了起來，打開房間裡的燈，上網看一些新聞和網路小說，也看一些舊電影的DVD，希望揮走那如影隨形的茫然與孤寂感。

然後，今天我睡到下午兩點半。

手機裡有十七通小君打來的未接來電。

小君肯定著急我到下午都還沒有回覆電話給她，但當她知道我因為昨天上網太晚睡而賴床，知道我失眠的理由，她生氣了！

你應該更專心寫你的博士論文才對，小寒，我是愛你的，可是對於你的未來你應該多加關注，而不僅是等待時間消逝的苦悶，我已經工作第二年了，時間不會為我們停滯，我希望我們未來會因為彼此越變越好，可是為什麼你連自己的作息都不能正常？上網？看影片又在假日賴床呢？你知道我今天幾點起來？我忍著不願去找你，也不吵你來台北看我，就是希望你多

花一點時間寫論文！

我們在爭執中結束了電話的通訊。

我抱著我的MacBook和存滿隨身碟的論文寫作資料到單叟咖啡館去。

Laurent先生看我滿臉書寫疲倦和鬱悶，建議我點了一杯茴香酒奶油咖啡，以蛋黃、白砂糖攪拌加熱後，用地中海國家人們最常飲用的茴香酒增加複雜的風味，茴香酒具有藥用的效果，是數種藥草釀製而成，能夠滋補、開胃和退熱。Laurent先生直接拿著火焰噴槍，在咖啡杯中對著奶油砂糖加熱，融出一股淡淡焦糖的甜味，最後加上冰塊降溫送到我面前。

喝起來有蛋黃的潤滑和營養，焦糖和奶油的柔順甜蜜，還有那種我從來沒喝過的茴香酒複雜奇妙的酸味，加上濃縮咖啡原有的酸苦，讓我一下子精神抖擻了許多。

和女朋友吵架了嗎？Laurent先生關切地詢問，他的感覺真準。

好像是這樣的沒錯。我點點頭。

在國家內部，民族和民族之間、階級和階級之間也會吵

架，甚至流血衝突，在巴黎，曾經命名為革命廣場的地方，在一七九四年夏天，一個月內處死了一千三百多人……後來，它被更名為「協和廣場」，希望作為在大革命後民族和解的象徵，希望你和小君小姐能趕快和好。Laurent先生為我添了一杯檸檬水。

協和廣場啊？感覺所有在巴黎吵架過後的情侶，都可以在那兒得到和解。我蠻喜歡這個廣場的名字。

哎，楊寒先生，我也真希望如此……我和她也曾在柔和的冬陽下走過協和廣場的方尖塔旁邊，聖誕節的時候此處架設一座摩天輪，我們牽手排隊搭上摩天輪眺望不遠處的方尖塔，她笑說：「聽說方尖塔是為了崇拜太陽神而建造，現在我們在高處像不像太陽？」我想說，傻瓜，你的笑容就是陽光。但她也曾在協和廣場因為和我走散了而哭泣，眼淚像夏天時廣場上的兩座噴泉。

我和她也曾在柔和的冬陽下走過協和廣場的方尖塔旁邊，
聖誕節的時候此處架設一座摩天輪，我們牽手排隊搭上摩
天輪眺望不遠處的方尖塔，她笑說：「聽說方尖塔是為了
崇拜太陽神而建造，現在我們在高處像不像太陽？」我想
說，傻瓜，你的笑容就是陽光。但她也曾在協和廣場因為
和我走散了而哭泣，眼淚像夏天時廣場上的兩座噴泉。

——來自巴黎的音樂家 Laurent

40. 涼掉的咖啡

我和小君的吵架並沒有因為時間而和解。

一連幾天，小君總在電話中冷冷地對我說話，她電話中的聲調彷彿是冬天最冷的時候，北風呼嘯過枯萎的玫瑰花園，彷彿在寒流來襲時，毫無防備地洗了一次冷水澡，讓光溜溜的身體迎接冰冷自來水的衝擊。

同時，我前些日子交給指導教授的博士論文第二章部分退回來了，老師在紙本論文上密密麻麻寫著希望我糾正的字句，從字裡行間我可以感覺老師對我的關懷期許，和她對我相當地不滿意。

指導教授約我下午一點半在她的研究室見面，討論我的論文。

這件事讓我有點緊張，想來中午也不必吃飯了，早上十一點的時候，帶著老師批閱過的論文來到單叟咖啡館。

我點了一杯淡淡香甜中帶有咖啡無可奈何苦味的瑪洛琪咖啡，這杯咖啡其實很好喝，濃濃的巧克力味道，以可可粉襯托出香甜，牛奶和鮮奶油增添了咖啡柔順潤滑的味道，彷彿味蕾和靈魂都一起被咖啡溫暖了。

可是我盯著論文，想到小君生氣冷漠的樣子，幻想老師教訓我博士論文的嚴肅表情，我無法以愉悅的心情享受這杯咖啡。

跟小君小姐和好了嗎？Laurent先生為我添了些檸檬水，順口問了我一句。

我沒有說話，只是搖搖頭。雖然未來是我們唯一能夠走的道路，但這條道路的景象究竟是什麼，我卻不能夠知道。

你的咖啡都涼了呢！你還喝不到三分之一，你不喜歡這杯咖啡嗎？Laurent先生看著我桌上的咖啡，臉上露出遺憾的表情。他說，涼掉的咖啡就像無法挽回的愛情，都失去了原有的風味。

有那麼悲慘嗎？多加一點肉桂粉或可可粉就好啦！我疑惑地說道。

　　哎……楊寒，你和過去的我一樣，真不懂得如何品嚐花式咖啡……花式咖啡的藝術讓我想起燦爛美麗的杜樂麗花園。

　　什麼意思？

　　她喜歡喝純粹的黑咖啡，也喜歡各種口味的特調咖啡，有一天我們在杜樂麗公園為了一杯咖啡起了爭執……

　　Laurent先生緩緩告訴我：在巴黎羅浮宮旁邊的杜樂麗花園，是一座美麗的皇家花園，但在第一次世界大戰時，公園裡曾堆滿作戰用的沙包，兩枚德國發射的遠程砲彈曾在這裡墜落。許多年前的春天，我和她曾經為了一杯早晨涼掉的咖啡在那裡爭吵，她在繁花盛開的美景中掉下兩滴淚珠，也炸毀了那個早上的春天，我還記得，那是早上十點零二分的時候……

　　的確是這樣的，Laurent先生！和情人的爭執彷彿砲火中的戰役，而我不願涼掉的咖啡象徵最後我們能夠感覺到的愛情。

　　我相當感嘆。

在巴黎羅浮宮旁邊的杜樂麗花園，是一座美麗的皇家花園，但在第一次世界大戰時，公園裡曾堆滿作戰用的沙包，兩枚德國發射的遠程砲彈曾在這裡墜落。而許多年前的春天，我和她曾經為了一杯早晨涼掉的咖啡在那裡爭吵，她在繁花盛開的美景中掉下兩滴淚珠，也炸毀了那個早上的春天，我還記得，那是早上十點零二分的時候……

　　　　　　　　　　　　──來自巴黎的音樂家 Laurent

41. 吊死愛情

連續幾天，除了睡覺之外，我都不想待在房間裡。

彷彿這樣會因為對小君的思念，以及某種無法逃避現實的沮喪，讓自己墮入房間的陰鬱當中，我想好好讀書，也想寫一些論文，盡可能在我所能做到的努力中努力我自己，累積一些能夠愉快抵達未來的記憶；或者說，那是某種理想主義的未來，關於愛情，關於未來的期待。

雖然可能更簡單一點，我只是很想不設心防、毫無拘束地微笑。

你現在也可以笑，沒有人管你。在我心裡有這樣的聲音。

我知道我可以笑，但我現在沒有這樣的心情。

我踱著腳步，踩在自己漆黑濃密的影子，前往單叟咖啡館。在咖啡館裡，我應該打開MacBook，然後使用文書處理軟體，繼續自己未完成的論文。但是我似乎沒有這樣的心情，點了一杯蜂蜜冰咖啡和一盤榛果麵包條，順手拿了一份咖啡館內的報紙隨便翻閱。

　　報紙的旅遊版介紹苗栗的旅遊景點，大湖草莓、龍騰斷橋、獅頭山、勝興車站等等。我曾和小君約好在苗栗見面，我從台中出發，她從台北南下，由她規劃行程，在苗栗旅遊，小君規劃好了行程，行前也看過地圖，可是她總是堅持錯誤的方向，常讓我們開車迷路，讓我好生氣。那天，一路上我們為此吵了幾次架。

　　楊寒先生，你想出去旅遊？苗栗？說真的，我來到台灣十年，也沒有好好去遊玩過，她曾說要帶我遊遍台灣每個好玩的地方，但現在想來，所有在愛情中許下的諾言都可能只是虛無。Laurent先生注意到我難得在他的咖啡館看報紙，走到我的身邊發現我正在看旅遊版，告訴我他長年旅居台灣卻沒有好好遊覽這些風景名勝。

我告訴了Laurent先生我的感慨。

愛情的時間大部分需要包容，容忍那些絕對差異的靈魂和個性，讓摩擦和固執消融在不斷流逝的時間，但我們總在愛情失去之後才理解那些……。Laurent先生用力地點點頭，為我分析了他的想法。

Laurent先生悲傷地說說，我和她曾經在蒙馬特的小丘廣場中吵架，然後她負氣哭著離開。你知道嗎？在小丘廣場曾經是絞刑台的所在，那時我以為我在那裡也吊死了我的愛情。

> 我和她曾經在蒙馬特的小丘廣場中吵架，然後她負氣哭著離開。你知道嗎？在小丘廣場曾經是絞刑台的所在，那時我以為我在那裡也吊死了我的愛情。
>
> ——來自巴黎的音樂家 Laurent

42. 糾結的心事

因為前幾天和小君吵架的關係，使我和小君相互背離，而每一次呼吸彷彿就更遠離一些過去的美好記憶，更將自己沈入了惆悵，真希望找回以往的快樂，哪怕只有一絲絲可能……

我們曾經無可置疑地相處融洽，認真彼此相處的關係，在彼此生活中，也從來沒有任何懷疑或背棄，我在她面前是如此坦率、真誠，這可能是我們過去情感如此平淡、穩固無波瀾的原因。

可是，關於未來，關於我在學業上或未來的努力上，顯然尚無法與小君達到共同契合的心靈軌跡。

我一邊思緒混亂地設想我和小君的事，一方面在房間裡操作電腦，修改指導教授要我修正的博士論文。幾個小時後，我

想休息，滑鼠游標隨意移動點擊桌面上的小圖示，然後在電腦工作列的日曆上，發現今年小君的生日很碰巧地是在週日，我打電話給小君，希望週日能夠和她一起過生日。

小君在電話裡有些疲倦，她說是因為工作加班的關係。

這幾天我每天都加班，回到家就想睡覺，連MSN或Facebook都不想上，我們就不要慶祝生日了好不好？小君說的每一個字都好像在嘆息，透過電話若有似無的雜音，彷彿讓我更聽不清楚。

我只是想見你，送生日禮物給你，好不好？我們一起逛美術館、到美術館外的青草地散步。

改天好不好？真的我也怕週六還要加班，那週日我真的只想好好在家裡休息了！

小君的語氣溫和而堅持，我無法違背她的期望。

我帶著惆悵離開房間，到單叟咖啡館吃晚餐，這幾天我越來越憂鬱，食量也跟著變小，逢甲夜市裡的大腸包小腸、熊掌包或辣味的炒麵麵包都難以引起我的食慾。我只要單叟咖啡館

的咖啡和一小盤點心，就能在空虛的胃囊裡消化我難以排解的惆悵。

　　我是那麼樣地寂寞，那麼樣地不知所措，而我還得振作起來，好好完成不知何年何月才能夠完成的博士論文。

　　在這家小君帶我來的咖啡館裡，Laurent先生先為我倒了一杯檸檬水，檸檬水是一種很神奇的飲料，快樂的時候喝它，它是甜的，悲傷惆悵的時候喝它，它是酸苦的。

　　而現在，顯然檸檬水是酸澀的飲料。

　　還沒跟小君小姐和好嗎？

　　嗯，她不希望我去台北找她，不希望我和她一起渡過她的生日。我點點頭，檸檬水雖然酸澀，但也彷彿能滋潤我乾燥枯裂的靈魂。

　　哎，楊寒先生……有一天下午我在法國國立圖書館的窗邊看見運河渡輪正要停靠，碼頭工人似乎大聲嚷嚷把繩索拋過來之類的話，渡輪慢慢靠近河岸，但船上的繩纜卻糾結成一團無法解開，船上和岸邊的工人就在帶有樹蔭的河畔有些爭吵，

但最後渡輪還是靠岸了。那時我正和她因為一些細故冷戰中，我在想我跟她就像那船纜糾結了心事，但有一天我們總會化解的。我希望你和小君小姐也能夠很快化解那些糾結的心事。

有一天下午我在法國國立圖書館的窗邊看見運河渡輪正要停靠，碼頭工人似乎大聲嚷嚷把繩索拋過來之類的話，渡輪慢慢靠近河岸，但船上的繩纜卻糾結成一團無法解開，船上和岸邊的工人就在帶有樹蔭的河畔有些爭吵，但最後渡輪還是靠岸了。那時我正和她因為一些細故冷戰中，我在想我跟她就像那船纜糾結了心事，但有一天我們總會化解的。

——來自巴黎的音樂家 Laurent

43. 教堂中的蜘蛛網

　　我點了一杯維也納咖啡。

　　在單叟咖啡館的下午，陽光穿過門口的闊葉盆栽，穿過乾淨明亮的玻璃牆折射進來。維也納咖啡是用歐式深度烘焙、粗研磨而成的咖啡豆煮出來的，Laurent先生再用法蘭絨布細心滴漏萃取出來的原味黑咖啡。

　　至於我為什麼會點這樣的一杯黑咖啡呢？

　　因為Laurent先生整個下午都在為那群音樂系的女大學生演奏海頓的十一首小提琴協奏曲，然後用他那帶著歐洲口音時而英文時而法文，為那群女孩敘述海頓如何到維也納學習音樂，如何在海頓音樂的曲式中發現其幽默、明快的特徵，以及身為莫札特的朋友、貝多芬的老師，這位「海頓老爹」為何可

以跟他們兩人成為維也納古典樂派的三大代表。

　　偶爾也可以聽到那些女孩子們圍繞在金髮的Laurent先生周遭如春天般的笑語聲，總之，這樣聲音饗宴的下午是適合飲一杯以音樂之都為名的咖啡。

　　直到射進咖啡館的金黃陽光轉為黯淡的橘紅，Laurent先生打開咖啡館內柔和的燈光，那些如青春鳥雀般的女孩們才如歸巢般快樂地向Laurent先生告辭。

　　Laurent先生目送她們離開，臉上表情如夕陽一樣變得抑鬱黯淡，然後轉頭對我露出疲倦的笑容，楊寒先生，不好意思，打擾了你整個下午。

　　別這樣說，能稍微理解到海頓是怎麼樣的人，又能聆聽您的小提琴曲子，是相當愉快的。我只是有點好奇，以Laurent先生這樣一個英俊成熟的金髮男子，像今天下午那麼多女孩圍繞在他身邊，為什麼這個來自巴黎的音樂家都不會動心？

　　我把我的疑惑告訴了Laurent先生。

　　Laurent先生楞了一下，先是淡淡地微笑，然後坐到鋼琴前面，打開琴蓋為我彈了幾個小節的海頓〈D大調大鍵琴協奏

曲〉，音樂浪漫柔美，卻又有一種靜謐、快樂的情調。

　　楊寒先生，你知道巴黎的聖心堂嗎？……巴黎的聖心堂，那是一座完全用白色石灰石建造的圓頂教堂，我曾在靜謐的下午幾乎走遍教堂內每一處角落，在一處靜僻的階梯轉角，我發現了蜘蛛網結在欄杆處，於是我發現再怎麼樣神聖潔白的殿堂亦可能有些陰影，而對她的惆悵是在我內心多年的角落結成蜘蛛絲，而我不願意去打掃它。

> 巴黎的聖心堂，那是一座完全用白色石灰石建造的圓頂教堂，我曾在靜謐的下午幾乎走遍教堂內每一處角落，在一處靜僻的階梯轉角，我發現了蜘蛛網結在欄杆處，於是我發現再怎麼樣神聖潔白的殿堂亦可能有些陰影，而對她的惆悵是在我內心多年的角落結成蜘蛛絲，而我不願意去打掃它。
>
> ——來自巴黎的音樂家 Laurent

44. 躲進盧森堡公園

　　我和小君時而冷漠時而爭吵的日子依舊持續著。

　　有時想想真覺得好笑，台中市到台北市大約一百六十公里，如果開車上高速公路需要兩小時又三十分鐘的奔馳，但這樣的距離有時讓我們相思，有時卻讓我們冷漠爭吵以對，是不是愛情在相處以後都有衰老的跡象？像我們的身體或是蒼老得無法再蒼老的老靈魂。

　　我很想去找小君，趁她在家的時候或者上班的時候，但是她是一個相當認真的女孩，工作的時候幾乎不接我的電話。如果我去找她，她可能露出更加疲倦和不悅的表情，然後我只能從彼此瞳孔中見證到難以自處的焦躁與失落，我和小君的感情像失去照顧的冬季花園，肥沃的泥土荒蕪著曾經經歷過的春

天，而埋在土裡的花朵種子停滯了生長。

我知道我不能夠去找她的，讓彼此在黑暗的孤獨裡整理自己的心事和懵懂中應該前往的未來，是現在更重要的事。

我們不可以只是追逐彼此的身影，期待在冰冷中握住對方的手，究竟到頭來，在愛情中我和她都是各自獨立的實體，不必透過彼此來呼吸、心跳或進食，甚至也不是同學或同事，可以獨自完成自己的學業和工作。

如果我們如此可以不必依賴對方，為什麼在心靈上我們卻如此戀眷對方呢？我們只能夠靠回憶和想像來聯結那些我們無法正確把握到真實的現實，但真正的幸福彷彿離我們極為遙遠。

我帶著撰寫論文的材料到單叟咖啡館去，點了一杯羅馬濃縮咖啡，用檸檬的酸味中和了深度烘焙的咖啡苦味。想要憂鬱的事情太多，不知我們什麼時候會在人生或愛情中落魄而歸，但為了不讓過去成為自己心裡的負擔，每一個當下的現在，我們總是要努力於那些隱微的細節，小心翼翼地成就未來的自己。

Laurent先生為我送來咖啡以後，回到吧台整理剛進貨的咖啡豆，咖啡豆依據產地國家、產地海拔、顆粒大小、口感的等級與烘焙的程度有許多差異，我用MacBook打了幾行論文，接著就無心於論文，被Laurent先生吧台上那一袋袋的咖啡豆所吸引。

　　仰著頭看Laurent先生整理那些咖啡豆，然後在表情的細節中隱藏嘆氣。

　　Laurent先生似乎注意到我的憂鬱與焦躁，他抬頭望向我這邊對我說道：在巴黎，有時我也想躲進盧森堡公園裡，去躲避那些讓我惆悵痛苦到無法自拔的愛情。但有時看見公園裡那些希臘神話中人物的雕像，就想為什麼我跟她的愛情明明燦爛美好如神話，卻又不能像神話如此永恆地流傳下來呢？

在巴黎，有時我也想躲進盧森堡公園裡，去躲避那些讓我惆悵痛苦到無法自拔的愛情。但有時看見公園裡那些希臘神話中人物的雕像，就想為什麼我跟她的愛情明明燦爛美好如神話，卻又不能像神話如此永恆地流傳下來呢？

——來自巴黎的音樂家 Laurent

45. 芒特橋

　　連日來，我都在Laurent先生的咖啡館渡過我累積博士論文字數的午後。

　　關於我和小君的一些摩擦只得暫時不去想它，寫論文或寫作其實彷彿像一種莊嚴神聖的儀式，我們可以在靈魂意志轉化為文字的同時，發現天地間只有「我」、只有「文字」，捨此之外無他物，讓我們可以將宇宙間或人類文明發展以來所有焦慮的，都遺忘在文字的銘刻中。書寫，是書寫我們自己的生命，不論是詩、散文或者論文，我們必然發現自我的文字就是對自我的歷史作確認。

　　或者，我們可以說，在書寫時，「我」的靈魂是沒有感情的，只有文字有她的愛恨情愁，文字有她的焦慮與哀愁。所

以，我想我的指導教授應該也可以從我的博士論文初稿中，看見我無與倫比的焦慮與哀愁、猜疑與不安才對。

總之，我是如此嚴肅地把指導教授對我的期待、我對小君的徬徨不安，都化為博士論文的文字，如此嚴肅地在咖啡館中以文字面對自己被焦慮焚燒的現實。然後，Laurent先生在咖啡館二樓整理庫存的杯盤時，有國際快遞送東西來。

Laurent先生，有你的包裹！身為一個咖啡館常客的我，有義務站起來到樓梯口去幫忙叫咖啡館老闆下來簽收。

楊寒先生，你先幫我簽收一下，我馬上下樓。

似乎從巴黎寄來的東西，我只認識「法國……巴黎」等幾個單字，是一個扁扁的方形包裹，看起來不像是樂器或書籍。

等快遞的送貨員離開，Laurent先生才匆匆下樓，拍了拍手上灰塵，將視線移到我橫放在桌上的大件包裹。

從巴黎寄來的嗎？

對，我在網路上訂購一幅畫，想掛在咖啡館裡頭。Laurent

先生從吧台後面拿出一把小刀，優雅而俐落地拆開快遞公司封裝的盒子，拆開了白色的厚紙、褐色牛皮紙以及好幾層泡棉和氣泡紙之後，露出了一幅恬淡的河景油畫，近景的樹和遠處的橋在細緻的筆觸中，自然呈現其光影色調的和諧，畫面優美地像首詩、一曲交響樂，光和顏色是畫面中自然的旋律，倒映天空的水波彷彿下一瞬間又為我們重新演繹不同的美好。

這是……柯洛的畫？好漂亮。絨毛般細緻柔軟筆觸的風景畫，彷彿詩意的構圖，加上寄自法國，讓我想起這位十九世紀的法國畫家。

正確的說，是柯洛的複製畫，是收藏在羅浮宮的〈芒特橋〉。Laurent先生湛藍的眼珠盈滿笑意，彷彿因為我能夠欣賞他的眼光而高興。

這幅畫可以讓你想到巴黎，想到和她一起渡過的巴黎歲月吧？看著Laurent先生拿起鐵鎚和釘子找一個適合的牆壁將這幅畫掛起來，我由衷的說道。

哎，也不盡然是這個樣子，楊寒先生！你知道嗎？在巴黎的蒙馬特區曾是貧窮畫家們聚集的地方，他們在巴黎尋找一種

美好，一種可以放在風景名信片或羅浮宮的畫，但我想那些畫家們永遠無法畫出那年我和她在巴黎的那些美麗得令人屏息的愛情，這是最讓我惆悵的地方。

正在掛這幅油畫的Laurent先生背對著我，我無法知道此刻他的表情。

> 你知道嗎？在巴黎的蒙馬特區曾是貧窮畫家們聚集的地方，他們在巴黎尋找一種美好，一種可以放在風景名信片或羅浮宮的畫，但我想那些畫家們永遠無法畫出那年我和她在巴黎的那些美麗得令人屏息的愛情，這是最讓我惆悵的地方。

> ——來自巴黎的音樂家 Laurent

46. 英雄交響曲

今天當我來單叟咖啡館的時候，咖啡館依舊只有Laurent先生一人，他坐在我那小提琴旁邊的位置上搖頭晃腦地聆聽古典樂，一邊揮舞著右手食指隨著旋律起舞。

走進這音樂家的咖啡館內，正在聽音樂的音樂家只是抬頭看了我一眼，我也彷彿有默契地拉開自己慣坐的椅子，安靜聆聽音響播放的這首曲子。

曲子相當有活力，聲音宏亮的銅管樂器激昂出彷彿軍號一般的主題，強而有力的節奏中亦能感覺出作曲者細膩浪漫的手法，三隻法國號彷彿交互經營出軍營旌旗林立的場景，又似勇士們輕快而整齊的步伐，當末章的變奏形式化為響音迴盪在咖啡館中虛無的空間時，我確定這是被視為浪漫樂派的創始作

品，貝多芬為拿破崙所寫的〈英雄交響曲〉。

貝多芬相當敬佩法國革命的理想，也尊敬帶領法國人民實現理想的拿破崙，因此貝多芬寫了這樣一首具有英雄氣概的交響曲送給拿破崙・波拿巴。但當貝多芬聽見拿破崙稱帝的消息時，失望地憤而挖出樂譜上寫「波拿巴」的字，將此曲標題改為「英雄交響曲」。

一邊寧聆聽著這首曲子，我一邊想著我和小君的事。

有時候，會不會我們對某人期望越大，反而越容易失落、受傷呢？就像貝多芬對於第一執政拿破崙的期待一樣。小君對我的期待、我對小君的期待，我對我自己的期待以及我們對其他人的期待一樣。

貝多芬雖然對拿破崙失望了，但他留下了如此高貴、龐大且華麗的樂章，而我們可以在失望的愛情裡留下什麼呢？

這首交響曲以靜謐溫和的旋律，轉化為光輝燦爛的旋律作為結束。Laurent先生走到鋼琴前面，掀起琴蓋意猶未盡地彈奏〈英雄變奏曲〉，那是貝多芬為希臘神話中為了人類而盜火的英雄人物普羅米修斯所寫的曲子。許多英雄推動了人類文明

的發展，而在愛情之中，我們只能夠自己是自己的英雄。

正當我思緒混亂地想著這些種種時，正在彈鋼琴的 Laurent 先生哀傷地對我說道：楊寒先生，你應該知道剛剛我們聽的那首〈英雄交響曲〉是貝多芬為了拿破崙所寫的曲子，你也可能知道拿破崙一世的陵墓就在傷兵院區裡，但你無法理解我的青春和曾經輝煌過的音樂也埋葬在巴黎街頭。只有吹過塞納河的秋風去哀悼我幸福過和悲傷過的曾經；只有那些羅丹美術館中的美麗雕像是長年前來的悼亡者，用恆久不變的姿勢悼亡我早衰的愛情。

你可能知道拿破崙一世的陵墓就在傷兵院區裡，但你無法理解我的青春和曾經輝煌過的音樂也埋葬在巴黎街頭。只有吹過塞納河的秋風去哀悼我幸福過和悲傷過的曾經；只有那些羅丹美術館中的美麗雕像是長年前來的悼亡者，用恆久不變的姿勢悼亡我早衰的愛情。

——來自巴黎的音樂家 Laurent

47. 捉迷藏

今天來到單叟咖啡館，感覺空氣中有一股騷動，彷彿是時間精靈或者某個秘密正在甦醒，讓咖啡館內產生微妙的慌亂感覺。

我推開玻璃門後站在咖啡館門口，發現這股騷動，但卻看不到Laurent先生。不久，一個女孩從桌底下探出頭來，是上次那個把逢甲圖書館的英文小說《三劍客》遺忘在咖啡館的女孩。她瞅了我一眼，然後急忙朝吧台那邊喊道，Laurent先生、Laurent先生！蕭邦往你那邊跑了。

呃？蕭邦？我急忙低頭往桌底下瞧，什麼蕭邦啊？

我只有看到女孩的灰色雪靴和她紫色的蝴蝶結。

吧台後面傳來Laurent先生的聲音，沒有啊？我沒有看到

牠，牠是不是還在你那邊？

　　女孩拎起一個空的藍色塑膠寵物外出籠，繞過成排的椅子往吧台後面跑，然後又聽到女孩的聲音：有沒有可能躲在那個塑膠桶後面？

　　那邊我剛剛找過了，只有形式上漆黑空虛的影子。

　　牠是很害羞的，常和幻覺一起棲身在秘密背後的黑幕裡玩捉迷藏，Laurent先生！可不可以拜託你再看一下那邊？

　　好、好，我知道了！

　　我猜他們應該是在抓逸出籠子的貓，像追蹤安靜地如貓鬚的秘密，輕描淡寫掠過時間光影的貓足，我抬頭看見黑色的貓躲在吧台後面放咖啡豆的架子上，那比星光還燦爛的眼珠虎視眈眈地盯著我。

　　你們是在說黑貓嗎？牠躲在吧台後面最上面的架子上。

　　那隻名為蕭邦的黑貓，優雅如一黑色絲絨材質的裝飾品，把自己的輕盈擱置在紙袋裝咖啡豆香味旁邊。

　　蕭邦！你給我下來！女孩如怒如怨的語氣，讓黑貓抖了一下，豎起尾巴發出了聲輕微不滿的聲音，然後幾個騰躍，「蕭

邦」優雅地讓自己落在地板上。

　　女孩將貓趕進了外出籠，喀嚓一聲將籠子關起來。點頭向我說聲謝謝，又轉身跟Laurent先生連說了幾句道歉的話，然後驚覺到大學裡的通識課快遲到了，才急忙離開咖啡館。

　　真是一隻喜歡玩捉迷藏的貓。我對Laurent先生說道。

　　可不是嗎？不過這讓我想起了巴黎……在巴黎的瑪黑區，有許多狹窄的巷弄。我和她曾經就像與青春玩捉迷藏似的，在那些巷弄裡帶著笑聲競逐彼此的影子，我們徒步走過每一處微微突起的石板街道，也徒步過我們彼此的心事。然而，現在瑪黑區的狹窄巷弄已經無法容納我們那些徬徨了許多年的哀愁心事。

　　Laurent先生感嘆地露出了溫和的笑容……

在巴黎的瑪黑區，有許多狹窄的巷弄。我和她曾經就像與青春玩捉迷藏似的，在那些巷弄裡帶著笑聲競逐彼此的影子，我們徒步走過每一處微微突起的石板街道，也徒步過我們彼此的心事。然而，現在瑪黑區的狹窄巷弄已經無法容納我們那些徬徨了許多年的哀愁心事。

　　　　　　　　　　　　——來自巴黎的音樂家 Laurent

48. 塞納河的水光

　　我在下課後的中午來到單叟咖啡館。

　　最近，我都一個人光臨這家咖啡館，正如這家店的名字
──「單叟」，有著形單影隻的孤獨感。

　　咖啡館裡通常也被孤單寂寞的氛圍所環繞，坐在咖啡館
裡，有時我不禁幻想著，如果將咖啡館的名稱改掉，改成「吵
雜」、「熱鬧」、「菜市場」、「人好多」，會不會讓生意也
跟著熱鬧起來呢？不過，我知道Laurent先生並不是為了生計
才經營這家咖啡館的。

　　只是今天讓我好奇的是，我習慣擺MacBook和博士論文初
稿的桌上，放置了一個盛滿水的臉盆。

　　臉盆裡還有一條小紙船。

陽光透過玻璃牆直射近來，讓臉盆裡波光粼粼，小紙船彷彿航行於耀眼的光之海河或群星燦爛的銀河之上。

　　呃，Laurent先生，這是？我倒不介意我的位置被這臉盆佔據，只是我好奇Laurent先生怎麼會童心未泯地玩起紙船來。

　　啊！那是早上有兩個看起來像主管級的職業婦女在這裡討論生意，其中一個女人還帶著小孩，小孩在一邊吵鬧，我怕耽誤了她們談生意，反正店裡沒其他客人，我就陪孩子玩。Laurent先生從吧台後面探出頭，表示歉意地說道，不好意思，楊寒先生，我馬上端走。

　　也不必啦！偶爾看著小紙船悠閒地飄在水上，好像讓人也可以悠閒起來了。我把書袋隨手放在另一個椅子上，趴在桌前瞪著那條紙船，哎！好羨慕紙船可以悠悠閒閒地漂流。

　　我慵懶地抬起頭對Laurent先生說道，巴黎塞納河上應該也有很多船吧？航行穿越過巴黎的船隻，想著就浪漫藝術起來了呢！你會對著塞納河拉小提琴嗎？

　　Laurent先生聽見我的問句，先是淡淡一笑，然後對我說道，塞納河的水光是我青春的顏色。如果你在下午三、四點以

後搭船遊塞納河，就可以一路欣賞羅浮宮、奧賽美術館、聖母院、最高法院如畫的建築，然後讓船舷低頭與傷兵院橋那彷彿疲倦了一個世紀的黃昏擦肩而過，你也將與我在塞納河上留下的惆悵擦肩而過。哎！當你的觀光船穿過西提島和聖路易島時，你無法察覺整個巴黎竟是一座漂流之島，漂流了我青春的愛情……

> 塞納河的水光是我青春的顏色。如果你在下午三、四點以後搭船遊塞納河，就可以一路欣賞羅浮宮、奧賽美術館、聖母院、最高法院如畫的建築，然後讓船舷低頭與傷兵院橋那彷彿疲倦了一個世紀的黃昏擦肩而過，你也將與我在塞納河上留下的惆悵擦肩而過。哎！當你的觀光船穿過西提島和聖路易島時，你無法察覺整個巴黎竟是一座漂流之島，漂流了我青春的愛情……
>
> ——來自巴黎的音樂家Laurent

49. 小小的牢房

　　我感覺自己被困在名為「博士論文」的監牢中，整個台中市那麼大，有都會公園、中山公園、文心公園、科博館、美術館、葫蘆墩文化中心等等，我卻被困在小小的校園和書堆當中，無法逃離作品文本和理論的牢籠，無法平衡所有被囚禁的情志靈魂；我看不見小君的笑容或明年春天的美好，彷彿眼前現實是一塊黑色的絲綢，如此隱約地覆蓋、遮蔽或掩飾了我們未來可能的美好，讓雙眼迷惑於自怨自艾的深淵。

　　我甚至踏不出論文研究文本以外的書籍，小說或散文集或者關於一本我感興趣很久的《西洋浪漫樂派曲式研究》研究書刊，我的靈魂在憂愁為患的世界裡，讓自己關進了狹小的空間。每天、每天，我從睡覺的床鋪爬起來，學校、教室、圖書館、

午餐的餐廳、咖啡館、晚餐的餐廳，然後回家睡覺，差不多就是這樣的生活。然而，似乎我也無須幽嘆，大部分的人都是相似於此，把自己受限於現實的囚籠，雖然迷惑不滿，卻又無法抽離其中。

今天下午，我依慣例把自己關進了單叟咖啡館中那個我常坐的座位上，關進了正在執行iWork文書處理軟體畫面的螢幕上。

我想我是被關進博士論文的牢房裡，也被關在小君那對我顯露哀愁幽怨的神情中，然而我要怎麼兌換出獄的許可證呢？把自己從學校博士班的牢房中，移居到社會這一個大牢房裡。

曾有這樣的一天，當我早上醒來走在逢甲大學圍牆外滿是早餐攤販的街道上，驚覺到整個城市的人都穿著黑白條紋的囚衣而茫然不知，一樣地微笑、說話，用金錢交易彼此的生活。

他們沒有注意到自己手腕上的手銬和腳上的腳鐐。

而兩兩親密走在一起看似情侶的男女，他們更是將手銬緊緊地銬住了彼此……

坐在咖啡館裡，我把我的幻覺與Laurent先生分享，這個法國人只是惆悵地對我說道：在西提島邊緣有一座巴黎古監獄，路易十六世的王后瑪麗安東尼在這裡被處決。我和她曾參觀過王后生前居住的單人牢房和小祈禱室，她笑說跟我在一起幸福得像王后，但擔心有一天我將她關進這樣小小的牢房。可是最後，是我把自己關進了愛情回憶的監牢之中。

> 在西提島邊緣有一座巴黎古監獄，路易十六世的王后瑪麗安東尼在這裡被處決。我和她曾參觀過王后生前居住的單人牢房和小祈禱室，她笑說跟我在一起幸福得像王后，但擔心有一天我將她關進這樣小小的牢房。可是最後，是我把自己關進了愛情回憶的監牢之中。
>
> ——來自巴黎的音樂家 Laurent

50. 斷頭的哀傷

　　除了裁員、股票下跌、油價上漲或者疾病等讓我們憂鬱的因素外，這個世界的憂鬱就像春天的花園，以各種名字的花朵盛開，或者我們可以說，這個世界本來就是一座憂鬱的大花園，花園裡種滿被天堂遺棄的哀傷。

　　雖然這個世界是一座憂傷的大花園，但我們有時也可以在彼此的哀傷或平淡中相濡以沫，邂逅彼此的疼痛。中午的時候，正當在煩惱今天要吃排骨便當，或者奢侈一些去吃鐵板燒當午餐時，我遇見了Laurent先生。

　　Laurent先生穿著灰色的外套，他豎起衣領彷彿將自己的優雅與世界隔絕起來，我總有一種錯覺，他那充滿憂鬱和藝術氣質的眼神，應該拋往塞納河或者萊茵河，而不是狹小吵雜、

專屬正午時學生們的便當街。

但Laurent先生似乎不在意這些，只是將手插在褲袋裡往前走，我急急叫住了他，Laurent先生、Laurent先生！你要去哪？

Laurent先生聽聞有人在叫他，轉過頭來在人群中掃過一遍，才發現我。

這來自法國的音樂家露出笑容對我說道，楊寒先生，我正要去麥當勞買特價的午餐，你呢？不嫌棄的話一起吃飯吧？

好啊？不過我沒想到歐洲的音樂家也會吃麥當勞這種東西。在我的刻板印象中，歐洲人應該都很厭惡美國文化和速食才對，雖然我真正熟識的歐洲朋友只有這個幾乎不踏出咖啡館的Laurent先生。

一開始來到台灣時，的確很不習慣台灣的食物，也不習慣台灣的氣候，台灣太潮濕了！樂器很難維護，鋼琴的聲音彈起來都會悶悶的。不過久了也就習慣了……像臭豆腐、市場豬肉攤的香腸、豬血糕或大麵羹我都吃過，每一次新的經驗都像是場革命，彷彿昨天的我被今天的我所革命推翻、此刻的我被下一瞬間的我所革命，讓我們去撞擊新的遭遇。

我和Laurent先生一同走出便當街。老實說我不太喜歡走在Laurent先生身邊，他比我帥、比我高，深邃的眼神讓他看起來也比我成熟穩重許多，走在他旁邊讓我覺得我只是個手足無措的宅男。

　　看！那邊似乎也在鬧革命了！順著Laurent先生的視線，我看到一對大學生模樣的情侶，拎著安全帽站在機車旁邊大聲吵架，好像在吵蹺課被老師點名點到的問題，女孩轉身想走，男孩硬是拉住了女孩，我想兩人曾經親密過，但此刻他們怒目相視如陌生人、如仇人。

　　好像愛情經常會走到這個地步。我這樣說道，我承認是想起了遠在台北的小君。

　　哎，的確是這樣……楊寒先生，你知道法國大革命，在卡那瓦雷博物館有許多記錄大革命當時情景的畫作，如果你徘徊那兒，可以瀏覽大革命當時的情形，也可以觸摸處決許多人命的斷頭臺模型，就像你徘徊於巴黎街頭，你定能在美麗如畫的風景中，感受到我哀傷虛無的愛情與凋零褪色的青春。

　　在正午燦爛的陽光中，Laurent先生輕聲地嘆息著。

在卡那瓦雷博物館有許多記錄大革命當時情景的畫作，如果你徘徊那兒，可以瀏覽大革命當時的情形，也可以觸摸處決許多人命的斷頭臺模型，就像你徘徊於巴黎街頭，你定能在美麗如畫的風景中，感受到我哀傷虛無的愛情與凋零褪色的青春。

——來自巴黎的音樂家 Laurent

51. 十七世紀的憔悴

　　小君曾說過她不喜歡獨處，不喜歡我自己忙自己的事，把她拋在一邊。

　　但現在換成小君總是在忙自己的事，她說要加班，很晚才有空接電話，她說上班時間不方便講電話，她說……

　　我和小君的情感空間狹窄地容不下一條電話線，我們甚至缺乏溝通與爭吵的迴旋處，我只能把想念她當成論文寫作中暫歇休息之地，然後什麼也不想，專心地、認真地好好寫論文。雖然我知道我的博士論文初稿充滿徬徨不安或倉促草率的痕跡，但目前似乎只能如此了，我只能用這些文字的痕跡凸顯目前我正存在著，我活著，活在文學的研究裡。

　　我相信我是一個獨特的男子，真誠、淡泊，能夠耐得住

寂寞，我就像另一個Laurent先生一樣，優雅地在自己的天地中，對自己所掌握的藝術有深刻的體會和敏銳的見解。我能夠在自己內心的小世界中找到細微優美的花園，我們只是需要一些時間去努力、去等待，時間是歸我們所有的，而下一個春天也會在秋天、冬天的季節循環裡準時到來。

在單叟咖啡館裡，我一個人與博士論文奮戰，同時我也蒐集研討會的資訊，我會努力寫論文、好好寫論文的……

我如此珍惜每一刻的光陰，用滲透、思考、詮釋、填充、融合來結構論文中的語言，希望文學作品中每一個意義的隙縫都可以被我的論文所填補。

你的表情好嚴肅，好像我正準備上舞台演奏的神情。Laurent先生突然發出聲音，我才發現他在我身邊已經站了很久。

啊、啊？對於我們來說，每一次撰寫論文都是上舞台前的準備，大概因為如此，所以我也有嚴肅的表情吧？我仰著頭伸了一個懶腰，對Laurent先生報以微笑。

最近幾乎沒看到小君小姐來，你們是不是分手了？Laurent先生露出有點擔心的表情。

我不知道，希望不是如此……。我搖搖頭，臉上表情有些黯然。

哎，楊寒先生，我記得那年夏天，在巴黎孚日廣場附近，那些十七世紀的古老建築們都在陽光下，曝曬枯槁的屋簷，而我也因為失戀而在陽光下，彷彿把自己弄成了一具十七世紀遺留下來的乾屍那樣憔悴。

每一次失戀，我們都是將自己曝曬枯槁成乾屍呢！Laurent先生！

> 我記得那年夏天，在巴黎孚日廣場附近，那些十七世紀的古老建築們都在陽光下，曝曬枯槁的屋簷，而我也因為失戀而在陽光下，彷彿把自己弄成了一具十七世紀遺留下來的乾屍那樣憔悴。
>
> ——來自巴黎的音樂家 Laurent

52. 太遲

我發現我們的世界是被分割而孤獨的。

我們其實沒有那麼需要情人，我們可以看電影買一張票，想吃小火鍋時就去吃小火鍋，想吃牛排時就吃牛排，不需要日夜相守或相拘束另一個人的想法，我坐在單叟咖啡館內，小銀匙攪拌著熱爪哇摩卡，將巧克力糖漿和鮮奶油混入中度烘焙口味的咖啡中，頗無聊地用小銀匙舀巧克力碎屑起來吃。

小君說，要先冷靜一段時間，讓我能夠專心寫論文。我承認她是對的，我們都忙碌於彼此的生活，不能總是在時間裡吟遊蕩浪，以為世界如此單純僅剩下愛情或者其他我們小心翼翼保護的心事。

但是走在逢甲校園裡，就想到曾經和她一起散步過那些綠

葉舒展過的春天，夏季蟬鳴喧嘩吵鬧過的陽光，以及秋季枯黃闊葉鋪成的橘黃色地毯。

也想著曾經一起如觀光客般擁擠在逢甲夜市，和人群一起隨波逐流，而確實我們也只能任憑自己的身軀在彼此光陰裡任時間沖刷。

Laurent先生曾用革命來比喻生命的自我以及愛情，我們都在太匆忙的時間裡推翻過愛情曾經的甜蜜，推翻過曾經璀璨驕傲過的青春。

對於愛情，只要有一分鬆懈，我們就可能在彼此愛情革命的遺跡裡失去對方的身影。

在咖啡館裡，我對Laurent先生坦白了我和小君彼此間戀情的革命。

我們決定先暫停通電話，讓彼此冷靜一段時間。我說，但每每一個人孤單走過校園，就讓我覺得珍惜她給我的甜蜜已經太遲……

楊寒先生，我想起了那一年她突然回到台灣，我一個人孤伶伶地走在巴黎巴士底廣場……

巴士底廣場？

　　Laurent先生表情凝重地對我說道，楊寒先生，如果你到巴士底廣場，你將去得太遲，那兒已經沒有任何法國大革命的痕跡，只剩下一座七月革命紀念塔兀自立在那兒。就像我回到巴黎，太遲的春風早將我曾經珍惜過的戀情，在巴黎街頭吹散。

　　如果你到巴士底廣場，你將去得太遲，那兒已經沒有任何法國大革命的痕跡，只剩下一座七月革命紀念塔兀自立在那兒。就像我回到巴黎，太遲的春風早將我曾經珍惜過的戀情，在巴黎街頭吹散。

　　　　　　　　　　　　　　──來自巴黎的音樂家 Laurent

53. 夜市的扒手

　　即使我們走在人潮擁擠的逢甲夜市，仍然可能是孤單的。

　　週六晚上八點，我走在夜市中最熱鬧的文華路上，右邊是阿公茶葉蛋、印度拉茶，左邊是土耳其冰淇淋和賣著一堆毛茸茸可愛帽子和大拖鞋的地方。

　　小君曾站在小熊拖鞋前面愛不釋手地看了好久，她說冬天穿那種毛茸茸的拖鞋應該會很舒服，可是夏天呢？在夏天那雙毛茸茸的拖鞋就會失去了腳的歸宿，只能兀自套入虛無的腳踝。小君是嘆著氣把那雙白色小熊拖鞋放回懸掛的鐵架上，那雙小熊拖鞋還套著塑膠袋掛在那兒，但小君短期內是不會和我再來逢甲夜市了。

我知道小君很喜歡這雙小熊拖鞋，我該不該買下這雙拖鞋寄給她呢？說不定她會開心一些。我站在這家攤位前設想各種可能發生的情形，人與人的互動多麼奇妙，在各自的時間與空間、身分位置，感受與心情的細微差異，使互動的情況有多種甚至截然不同的變化，我想像在另一個次元空間中，有同樣的我和同樣的小君，也許那個我比我聰明又認真一些，很快地把博士論文寫完畢業，那麼……那個次元的小君和我會發生什麼事呢？

　　或者，另一個次元的小君在台中工作。他們有更多相處、更多溝通的機會。

　　然後有一個次元的小君決定買下這雙小熊拖鞋，在那個次元當中，這雙小熊拖鞋會不會覺得幸福呢？

　　我們的個性和決定總是決定我們往後會不會幸福的關鍵。

　　當我這樣站在攤位前面呆滯地想著這些無謂的瑣事時，突然感覺褲袋一輕，我猛然轉頭，一個體型消瘦矮小的年輕人偷走了我的錢包往人群裡鑽，我奮力推開人群，追了幾十公尺，他已經消失無蹤。

我頹然空手而回。

幸運的是，我沒有把證件放在錢包中，而是放在證件夾中。我雙手伸進褲袋當中，褲袋裡除了證件夾外，還有十幾枚大大小小的硬幣。

可能還夠去單叟咖啡館喝一杯咖啡。

就去喝一杯蜂蜜冰咖啡，讓自己心情好一些算了。

在單叟咖啡館中，我坐在吧台前向Laurent先生說起我在夜市裡遭遇扒手的窘事。

Laurent先生一邊清洗之前客人的咖啡杯一邊對我說道，哎，楊寒先生，你真是不幸……順便告訴你，你如果到巴黎，天黑以後最好不要在磊阿勒中心逗留，因為那裡是毒品犯罪、強盜事件頻傳的地帶，而我也不願意回巴黎久留，因為那是我心事哀愁與惆悵頻傳的街頭。

你如果到巴黎，天黑以後最好不要在磊阿勒中心逗留，因為那裡是毒品犯罪、強盜事件頻傳的地帶，而我也不願意回巴黎久留，因為那是我心事哀愁與惆悵頻傳的街頭。

——來自巴黎的音樂家 Laurent

54. 惆悵的巴黎

　　前幾天，我把全本的博士論文初稿列印裝訂好，恭恭敬敬地送到指導教授手上，指導教授稍微翻了一下，和顏悅色地告訴我，可以去詢問系辦助教如何申請博士論文口試的流程。

　　不知道為什麼，我並沒有特別顯得高興，在逢甲校園裡待了這麼多年，似乎就是在漫漫長夜裡等著離開校園的自由，但是當我看見可能離開校園的曙光時，卻又沒有迎接黎明的喜悅。

　　是因為我沒辦法打電話和小君分享這件事嗎？

　　啊！小君曾說她是多希望看到我早日穿上博士服啊！但這些希望都在來不及實現的情況下，我們暫時斷絕了網路和電話的聯繫。雖然如此，我還是決定到單叟咖啡館，點一杯撒上一

些柳橙皮屑的澄香瑪奇朵，然後再撒許多巧克力粉來慶祝老師同意我博士論文口試，讓我能夠離開我這最後、最令人惆悵的學生生涯。

我來到了Laurent先生的咖啡館，情緒平淡地告訴這位凡爾賽音樂學院的小提琴演奏博士，關於指導教授答應我可以申請博士論文口試的事情。

那得恭喜你了！請你喝杯咖啡？想要點什麼？Laurent先生停下手邊工作，露出爽朗的笑容祝賀我。

澄香瑪奇朵，柳橙皮多一點、巧克力粉也多一點。我毫不客氣地坐在吧台前面告訴這家咖啡館的老闆我的要求。

我知道了，可是……你好像不是很開心？Laurent先生從罐子中倒出一些咖啡豆到磨豆機裡，疑惑地觀察我的表情。

我也不知道，也許太遲了吧？我來不及把這件事情告訴小君。我搖搖頭，我不敢肯定究竟這是不是理由。

的確，有時候愛情總是等不及我們準備好就開始……然後在我們來不及反映時就結束，楊寒先生，你知道嗎？在聖日爾曼德佩區的聖許畢斯教堂的廣場前，有一座裝飾拿破崙英雄塚

的噴泉，那噴泉是為了紀念四位來不及成為紅衣主教的神父，但只有惆悵的巴黎能夠紀念我和她來不及成熟的愛情。

　　我聽著Laurent先生開始磨著咖啡豆，彷彿也將我過往的惆悵心事也跟著磨碎了。

> 在聖日爾曼德佩區的聖許畢斯教堂的廣場前，有一座裝飾拿破崙英雄塚的噴泉，那噴泉是為了紀念四位來不及成為紅衣主教的神父，但只有惆悵的巴黎能夠紀念我和她來不及成熟的愛情。
>
> ——來自巴黎的音樂家 Laurent

55. 墓地

昨天晚上小君打電話來，原本我該熟悉的聲音變得那麼陌生。

楊寒，我發現我們的生命彼此在愛與被愛的輪迴中錯過了，我發現後來我給你很大的壓力也給自己莫大的壓力，在彼此冷靜的這段時間裡，我彷彿獲得一種新生，我從壓力中釋放了，我可以好好工作，好好看見自己的影子和前面的風景，就像粗糙的沙子中透露出貝殼，像破繭而出的蝴蝶或啄破蛋殼的雛雞，我可以全然用空靈的眼光來注視閃耀發光的世界；我相信你也是如此，沒有我的羈絆，你可以過得更好，我們過去就像用手銬銬住自己的情人，楊寒，釋放了我也釋放了你自己，好不好？

沉默了半分鐘之後，我說，你有你離開的自由。

那你呢？她停頓了一下，然後問。

也沒做什麼，就跟我們平常一樣，不是嗎？

嗯，和平常一樣，楊寒，那麼再見，請保重。

保重。

隔天我來到單叟咖啡館，點了一杯深度烘焙並加了許多愛爾蘭威士忌的愛爾蘭咖啡，坐在吧台前看著鮮奶油和洋酒在墨色的咖啡中載浮載沉，微醺的酒氣彷彿能醉倒明天的黎明。

怎麼了？楊寒先生。Laurent正在整理小包裝的咖啡豆。

沒什麼，只是跟小君分手而已。

是嗎？這杯咖啡我請你。Laurent先生語氣平淡地說道。

謝謝。我有氣無力地點個頭。

每次失戀就好像埋葬了前生。

你說的沒錯。我再次點了個頭。

楊寒先生，這讓我想起了巴黎聖日爾曼德佩區……在聖日爾曼德佩區的萬神殿中，有許多偉人的墓地，如思想家盧梭、

文學家伏爾泰、雨果，還有居禮夫婦、大仲馬等人，就像整座
巴黎的華麗埋葬我和她戀愛過的青春。

　　我低頭沉默不語，然後靜靜地喝了一小口咖啡。

　　我想起了在聖日爾曼德佩區的萬神殿中，有許多偉人的墓
地，如思想家盧梭、文學家伏爾泰、雨果，還有居禮夫
婦、大仲馬等人，就像整座巴黎的華麗埋葬我和她戀愛過
的青春。

——來自巴黎的音樂家 Laurent

56. 心在什麼地方

　　我曾連續幾次在咖啡館中見過這個女孩。

　　但如此邂逅通常沒什麼意義，就像淤積於池塘中的浮萍，因水波的聚合、海潮在港口的交擊，即使我曾幫她歸還過圖書館借來的英文版小說《三劍客》，也看過她帶來單叟咖啡館的黑貓，但我從沒有去想像她的生活。

　　我也曾聽見這個綁著紫色絲帶蝴蝶結的女孩彈琴，李斯特的曲子〈愛之夢〉，但那婉轉跳躍的音符滑過我的耳際，似蜻蜓飛翔過暮色時分的水面那樣地不著痕跡，雖然我必須承認那隻名叫「蕭邦」的黑貓，讓我對這個女孩印象更深刻，可是我還不知道她的名字。

　　一直到今天。

她在咖啡館裡哭泣，Laurent先生憂鬱地坐在她的身邊，一副不知如何是好的表情。

　　那女孩用面紙小心擦著眼淚，一邊啜泣對Laurent先生說道，我不知道他的心到底在哪裡……我這麼用心對他，甚至將我打工家教鋼琴的薪水買了PS3給他，也買了Final Fantasy XIII的遊戲卡帶，但我竟然看到他跟中文系的女生在我房間裡玩那遊戲，他還怪我太忙，怪我不喜歡玩電腦遊戲，Laurent先生……為什麼、為什麼愛情會如此不堪呢？當我如此竭盡全力，如春蠶吐絲結蛹只為小心翼翼保護我們易受風摧折的愛情，他卻如此殘酷地劇烈否定我們的愛情，非得在我們為愛譜成的樂章中劃下休止符。

　　這個世界中，彷彿沒有什麼事情不會結束的。我推開咖啡館的玻璃門聽著這女孩泣血似地哭啼，好像狂風襲落了許多象徵春天的紅花。

　　奕婷，沒有哪一個完整的樂譜沒有休止符的，愛情也是。音樂家Laurent先生這樣勸解的話，倒頗似我心中的想法。

　　才不！Laurent先生，真正完美的愛情是不會停止的。是

他不用心！是他使我們璀璨如銀河般的愛情，有了穿刺心腸的疼痛，把我們彼此呼喚對方名字的聲音化為靜默絕望的詛咒。這個叫奕婷的女孩站了起來，彷彿舞台歌劇中的女高音，如此淒厲地對Laurent先生說出了她必然該說的台詞。

　　我從來不知道他的心究竟在哪裡！我從來不知道……。綁著紫色絲帶蝴蝶結名叫「奕婷」的女孩，帶著眼淚以如此絕然的台詞作為告別，她低掩著頭奔出咖啡館，因為動作太大了，當她窈窕的身影消失在巷弄的那端時，咖啡館的玻璃門還兀自晃動。

　　她好像也失戀了。Laurent先生無奈地看看我，擺了擺手。

　　我把視線轉向咖啡館牆上那幅柯洛畫的〈芒特橋〉，對Laurent先生說道，落款會讓一張有價值的圖畫更有價值！而愛情總以眼淚作為最後的落款而顯現出價值。

　　哎，用眼淚作為愛情的休止符也太讓人心痛，可是很遺憾地……我們都必然會如此。那個女孩說她不知道她男朋友的心在哪裡？我又何嘗不是如此……楊寒先生，我曾跟你提過巴黎的聖心堂，其實那座在蒙馬特的聖心堂有著「聖母之心」的

意思，我和她曾經在某日陽光燦爛的午後來到這裡，發現了「聖母之心」，然而幾年後的現在，我無法發現她的心在什麼地方。

　　Laurent先生至今仍無法停止感傷，在他的愛情樂譜中劃上休止符呢！

　　在蒙馬特的聖心堂有著「聖母之心」的意思，我和她曾經在某日陽光燦爛的午後來到這裡，發現了「聖母之心」，然而幾年後的現在，我無法發現她的心在什麼地方。

　　　　　　　　　　　　　　　——來自巴黎的音樂家 Laurent

57. 靈魂也跟著年老

很快就要準備博士論文的口試了。

公正嚴明的指導教授並不讓我知道有哪些口試委員，我躊躇不安地在單叟咖啡館裡準備我口試的流程，士民學弟會幫我訂購餐點並和系辦助教協商茶水以及接待口委的事宜，但其他的事情就必須我自己處理。

博士論文的完成就像一面鏡子，讓我可以再次看見自己在這幾年當中如何努力、如何在徬徨不安的心境中走過每一個文字、如何在時間流動般的光影中，穿梭過自己的靈魂。如此虛弱渺小的自我，在變幻的人生風景中，以理性和猶豫過的執著去實踐自己認真的渴望。

我在咖啡館裡一杯綠茶卡布其諾以及奶油圓蛋糕的味道陪伴下，努力自省曾經幻想和糾葛過的學位論文，然後指導教授突然傳簡訊給我，告訴我她剛發現我論文中有一個疏漏的重要問題，要我在下週口試之前把問題和資料查清楚。

　　我在iWork的檔案中找到關於該論文的篇章，是引用書目的理論有相互背駁的地方，而且頁碼也有問題，而這是書目，是一本未出版的博士論文。

　　對於這本博士論文，我相當有印象，是我在博士班一年級時和小君一起到國家圖書館去調閱出來的，她就在我身邊翻閱屬於中文專業的學位論文，安靜而優雅，偶爾也輕聲向我詢問她看不懂的地方。然而她也到圖書館去找出了自己的碩士論文和我的碩士論文出來，然後用手機為我們的碩士論文合照。

　　我有些埋怨地告訴Laurent先生，我週六和週日得上台北一趟，去國家圖書館確認資料出處和理論，然後也訴說我應該會覺得感慨，在碩士班一年級時初次踏入國圖，博士班一年級則是第一次和小君到那兒，現在在學生生涯的最末，我一個人回到那裡，彷彿自己的心境滄桑而年老起來。

楊寒先生，過去幾年在巴黎的時候，我也曾和她到過巴黎最古老的教堂蒙馬特的聖彼埃爾教堂，在回憶裡我也把自己晾在那兒，讓自己的靈魂也跟著年老起來。

Laurent先生是如此跟我分享他遺留在巴黎的愛情。

過去幾年在巴黎的時候，我也曾和她到過巴黎最古老的教堂蒙馬特的聖彼埃爾教堂，在回憶裡我也把自己晾在那兒，讓自己的靈魂也跟著年老起來。

——來自巴黎的音樂家 Laurent

58. 被荒廢的心事

　　我週日從國家圖書館找資料回來，今天的天氣特別炎熱。讓人彷彿不得不躲在自己的影子裡，假裝清涼。

　　我搭公車回到逢甲附近，選擇狹小有建築物陰影的巷弄，不知不覺就來到了咖啡館，我推開咖啡館冰涼的玻璃門，感覺到迎面而來冷氣的舒爽，呼地一聲深呼吸一口冷空氣，讓冷氣灌入自己的肺腑，好像重生了一樣。

　　我看到那名叫奕婷的女孩也來了，今天她沒有綁馬尾，只是簡單綁著公主頭，夾著粉紅色水鑽髮夾，穿著無袖寬鬆的水藍色衣服和牛仔短褲以及黑褲襪，她把「蕭邦」的外出籠放在另一張椅子上，奮力地在Laurent先生面前撕開一本厚厚的筆記本。

Laurent先生只是坐在吧台前面的椅子上，手肘倚著吧台撐住自己的下巴，默默無言看著奕婷的動作。

然後奕婷氣喘呼呼地將撕爛的筆記本交給Laurent先生，雙手提著「蕭邦」的外出籠，一陣風般地掠過我身邊，瀟灑地走出單叟咖啡館。

她怎麼了？我提著裝MacBook的電腦背包，拉開剛剛奕婷坐的椅子，把我的麥金塔「小白」放在剛剛「蕭邦」盤據的椅子，如此詢問Laurent先生。

Laurent先生揚起手上那被分屍成好幾截的筆記本說道，這女孩把她和前男友交往的心情和雜事都記在這本簿子上，例如第一次接吻、吃胡椒飯和炒麵麵包的心情，看電影的感想，小考時互相鼓勵的簡訊內容……這一本記事本是她戀愛的心事倉庫，但現在都不需要了。

Laurent先生站起來繞過吧台，把那本筆記本丟進了吧台下面的廢紙簍。

楊寒先生，你會寫作，你會將過去寫給女朋友的作品毀去嗎？站在吧台後面的Laurent先生如此問我。

不會，但那些作品和作品之後的心事，會被我閒置在回憶的那頭，那是我不忍注視的心碎⋯⋯。

我也是，我會為她寫曲子，有鋼琴曲也有小提琴曲，但這幾年來我幾乎不練習這些曲子了。Laurent先生走到鋼琴前面坐下來，手指在黑白鍵盤上滑出了幾個音符。

如果愛情能夠像琴鍵一樣黑白分明就好了。

楊寒先生，我現在要彈的是為她寫的第一首曲子〈貝西公園的午後寧靜〉。Laurent先生悠然地讓指尖音符像陽光踱步過天際那樣輕灑出來，每一個音符像陽光、像青草地、像搖曳的樹影、像水池的漣漪、像恆久等待客人造訪的雕塑⋯⋯我彷彿聽得見那些恬淡的愛情。

楊寒先生，你知道嗎？我和她曾經在貝西公園撕著土司餵養水池中的鴨子，知道嗎？貝西公園原先是巴黎的酒倉，公園裡座落一些廢棄的儲酒倉庫，現在想起來恐怕我有一些心事也被廢棄在那兒。

我和她曾經在貝西公園撕著土司餵養水池中的鴨子，知道嗎？貝西公園原先是巴黎的酒倉，公園裡座落一些廢棄的儲酒倉庫，現在想起來恐怕我有一些心事也被廢棄在那兒。

——來自巴黎的音樂家 Laurent

59. 三萬多株玫瑰

我博士論文口試後的第二天。

在單叟咖啡館裡，我又見到那個叫奕婷的女孩，她和她那些女同學坐在吧台前面聊天，今天她特別打扮過，長長的假睫毛和修飾眼睛輪廓的眼影，上了蜜粉的臉頰更襯托了她的皮膚。

而奕婷前面還有一大束紅色的玫瑰花，應該是某個心儀她的男生送的。

而她臉上沒有特別愉快的笑容，反而有些嬌羞。

一群女孩圍在Laurent先生前面，嘰嘰喳喳地討論奕婷又遇到了一個新的對象。

不要因為寂寞而隨便交男朋友哦！這是Laurent先生真誠的勸告。

然後Laurent先生走到我身邊，詢問我今天喝什麼咖啡，又詢問了一下我論文口試的情況。

　　我簡單報告了口試還算順利的過程，然後今天該喝什麼咖啡呢？我對咖啡並沒有特別喜好……因為店裡看見玫瑰花，那麼，就點一杯玫瑰拿鐵罷了！

　　我曾看過Laurent先生調製玫瑰拿鐵，用少量的Espresso以及略多於Espresso的鮮奶混合，然後添加玫瑰果露、果糖和冰塊，最後在奶泡上放置一片玫瑰花粒作為裝飾，看起來頗似適合女孩的飲料，因此我從來沒點過。

　　但人生偶爾嘗試一些不同的經驗，讓味蕾也因為新鮮味道而甦醒了對自由或未來的感受，未嘗不是一種很好的選擇。

　　Laurent先生眨眨眼睛，然後點了個頭。

　　那群女孩看見我進來咖啡館，彷彿也知道她們在咖啡館裡太過喧嘩吵鬧，於是安靜下來，像銅鎖一樣地鎖上了那些交疊著笑意和青春的聲音，不一會兒，她們就向Laurent先生告別。

那名叫奕婷的女孩也抱著一大束紅玫瑰跟著她們離開。

不久，Laurent先生為我送上檸檬水和冰玫瑰拿鐵。

你因為那個女孩抱著玫瑰花而點了這樣的飲料？Laurent
先生疑惑地問我。

有什麼不可以呢？我也沒喝過嘛！我聳聳肩。

其實玫瑰花讓我感覺到的是寂寞的象徵……。

為什麼？這時輪到我疑惑了。

楊寒先生，其實……拿破崙的皇后約瑟芬因為寂寞而在巴
黎近郊買下了馬爾梅森城堡，種植了三萬多株玫瑰，我和她去
過那兒，但那時候已經是冬季了，枯萎的花園可能將愛情都閒
置了，和約瑟芬皇后病逝前的臥床，都能讓我們想像關於愛情
凋零之後的枯槁。約瑟芬皇后正用那些盛開或枯槁的玫瑰花，
陪伴她的寂寞呀！

拿破崙的皇后約瑟芬因為寂寞而在巴黎近郊買下了馬爾梅森城堡，種植了三萬多株玫瑰，我和她去過那兒，但那時候已經是冬季了，枯萎的花園可能將愛情都閒置了，和約瑟芬皇后病逝前的臥床，都能讓我們想像關於愛情凋零之後的枯槁。

——來自巴黎的音樂家 Laurent

60. 告別

因為剛剛博士論文口考結束，我難得輕鬆一下。

把身軀閒置在單叟咖啡館的角落，我沒有坐在平常慣坐的玻璃牆旁邊，反而坐到那昂貴小提琴的除濕箱前面，偶爾打開MacBook上網或看看玻璃牆外的巷弄景色，時而欣賞昏黃燈光下的小提琴色澤。

咖啡館裡沒有其他客人，我和Laurent先生就這樣各自做著自己的事，沒有交談。

我想，當時的心境就像水波在午後日光下的起伏，不帶任何心事地晃動，就這樣想起小時候陽光褪去一天最炎熱的時光，就趴在院子裡和弟弟一起觀察地上螞蟻排列行走的現象，蘭花掛在楊桃樹和龍眼樹的枝頭，風彷彿玩捉迷藏似地鑽進巷弄。

給童年的單薄帶來一些涼意。

Laurent先生的童年呢？

我把目光從玻璃牆外頭的寧靜，轉移到Laurent先生身上。

Laurent先生雙肘撐著腮幫子，坐在吧台後面發呆，然後他注意到我的視線，於是詢問我，楊寒先生，怎麼了？

我搖搖頭說道，沒有什麼事，倒是Laurent先生，你在想什麼呢？

我在想法國，我在想巴黎……。Laurent先生的聲音彷彿夕陽般的沉鬱。

這來自巴黎的音樂家說，在巴黎東南方的楓丹白露宮是拿破崙簽下退位詔書的地方，宮殿正前方的白馬廣場是拿破崙對他的近衛軍們發表告別演說的地方。拿破崙對他們說，永別了，繼續為法國效力吧！從這一天起，楓丹白露宮白馬廣場也被稱為永別廣場。有一天我也想回到這裡，向曾經歷過我青春及愛情的巴黎告別。

什麼是思鄉的表情，我想此刻Laurent先生臉上正透露著思鄉的表情，而青春則是愛情的原鄉，Laurent先生在台灣如此流浪旅居多年，他是想家了！

　　那這家咖啡館怎麼辦？我有些愕然，雖然我以前不太喝咖啡，但這一年來也養成我喝咖啡的習慣。

　　這家店的租約簽了三年，還有半年，或者楊寒先生您畢業願意幫我接手？Laurent先生猛然站了起來，走到我身邊，從除濕櫃中將小提琴拿出來。

　　Laurent先生您別開玩笑了。

　　我沒有開玩笑，我想先回巴黎一趟，說不定……說不定她此刻也在巴黎等我。

　　Laurent先生就這樣把咖啡館的鑰匙放在我的手上，拎起他外出用的米色長大衣往咖啡館外走，他率性地朝背後的我揮揮手。

　　我要去桃園機場了，楊寒先生，再見，請您多保重！珍重再見……

在巴黎東南方的楓丹白露宮是拿破崙簽下退位詔書的地方，宮殿正前方的白馬廣場是拿破崙對他的近衛軍們發表告別演說的地方。拿破崙對他們說，永別了，繼續為法國效力吧！從這一天起，楓丹白露宮白馬廣場也被稱為永別廣場。

有一天我也想回到這裡，向曾經歷過我青春及愛情的巴黎告別。

——來自巴黎的音樂家 Laurent

告別

後　記

最美的城市，最孤單的愛情信仰

　　如果說，巴黎是座最美的城市，我相信許多人都會認同，然而在這個美好的城市裡（甚至在這顆美好的星球），恆久的愛情也幾乎快消失了！

　　大多數人都認為，長長久久的戀情是最美的，但在這個長相斯守的戀情快絕跡的近現代，甚至也有人主張，愛過一瞬間就已足夠。

　　我以為相愛是兩個人互相瞭解、彼此溝通，讓兩人在生命當中產生一致性，而得以把信任和靈魂交給對方的長久歷程，是給對方無條件的信任。我們能信任家人以外的對象，甚至為對方犧牲些什麼嗎？除了神，大概就屬戀人能讓我們做到這種

來自巴黎的音樂家
238

程度。

恆久的愛情彷彿信仰一樣燦爛，但也彷彿像信仰一樣，讓誰都感到自身的無能為力。

我想像有這樣的一個法國音樂家，他能為了美好的巴黎、美好的愛情而長久堅持等待下去，苦苦追尋並等待著什麼……

空有美麗的建築，不足以創造生命裡的美好城市，增添了文化內涵，只能夠讓我們感動，真正發生過愛情的地方，才會造就我們生命裡最美好的記憶。

然而，太短暫的愛情不足以有輝煌的記憶火花，想讓愛情能夠長遠，最重要的是多溝通、多傾聽對方說話、重視對方的表情，只可惜我們大多數的人都沒有耐心，經常因為經不起事實的考驗，而放棄了許多愛情。

我認為，不管在哪一座城市，只有誠摯恆久的愛，才是讓一座城市浪漫並且美好的最重要原因。

願來自巴黎的音樂家以及你、我，都能夠找到自己生命中最美的城市，最幸福的愛情信仰。

2012/10/4　南中國，廈門

釀文學130　PG0901

 來自巴黎的音樂家

作　　者	楊　寒
責任編輯	陳彥廷
圖文排版	陳姿廷
封面設計	秦禎翊
內文插圖	李姿璇

出版策劃	釀出版
製作發行	秀威資訊科技股份有限公司
	114 台北市內湖區瑞光路76巷65號1樓
	電話：+886-2-2796-3638　傳真：+886-2-2796-1377
	服務信箱：service@showwe.com.tw
	http://www.showwe.com.tw
郵政劃撥	19563868　戶名：秀威資訊科技股份有限公司
展售門市	國家書店【松江門市】
	104 台北市中山區松江路209號1樓
	電話：+886-2-2518-0207　傳真：+886-2-2518-0778
網路訂購	秀威網路書店：http://www.bodbooks.com.tw
	國家網路書店：http://www.govbooks.com.tw
法律顧問	毛國樑　律師
總 經 銷	聯合發行股份有限公司
	231新北市新店區寶橋路235巷6弄6號4F
	電話：+886-2-2917-8022　傳真：+886-2-2915-6275

出版日期	2013年01月　BOD一版
定　　價	280元

國家圖書館出版品預行編目

來自巴黎的音樂家 / 楊寒著. -- 一版. -- 臺北市：釀出
版, 2013.01
　　面；　公分. --（釀文學；PG0901）
　BOD版
　ISBN　978-986-5871-05-5（平裝）

857.7　　　　　　　　　　　　　　　　101026328

讀者回函卡

感謝您購買本書,為提升服務品質,請填妥以下資料,將讀者回函卡直接寄回或傳真本公司,收到您的寶貴意見後,我們會收藏記錄及檢討,謝謝!
如您需要了解本公司最新出版書目、購書優惠或企劃活動,歡迎您上網查詢或下載相關資料:http:// www.showwe.com.tw

您購買的書名:_____

出生日期:_____年_____月_____日

學歷:□高中 (含) 以下　　□大專　　□研究所 (含) 以上

職業:□製造業　□金融業　□資訊業　□軍警　□傳播業　□自由業
　　　□服務業　□公務員　□教職　　□學生　□家管　　□其它_____

購書地點:□網路書店　□實體書店　□書展　□郵購　□贈閱　□其他

您從何得知本書的消息?

　□網路書店　□實體書店　□網路搜尋　□電子報　□書訊　□雜誌

　□傳播媒體　□親友推薦　□網站推薦　□部落格　□其他_____

您對本書的評價:(請填代號　1.非常滿意　2.滿意　3.尚可　4.再改進)

　封面設計____　版面編排____　內容____　文/譯筆____　價格____

讀完書後您覺得:

　□很有收穫　□有收穫　□收穫不多　□沒收穫

對我們的建議:_____

_____

_____

_____

11466
台北市內湖區瑞光路 76 巷 65 號 1 樓

秀威資訊科技股份有限公司　　　收
BOD 數位出版事業部

....

（請沿線對折寄回，謝謝！）

姓　　名：＿＿＿＿＿＿＿＿　年齡：＿＿＿＿　性別：□女　□男

郵遞區號：□□□□□

地　　址：＿＿＿＿＿＿＿＿＿＿＿＿＿＿＿＿＿＿＿＿

聯絡電話：(日) ＿＿＿＿＿＿＿＿　(夜) ＿＿＿＿＿＿＿＿

E-mail：＿＿＿＿＿＿＿＿＿＿＿＿＿＿＿＿＿＿＿＿

.